Die schönsten Sommergeschichten

Ob im Garten, am Strand oder auf dem Balkon – der Sommer lädt dazu ein, sich zurückzulehnen und in eine Welt der Geschichten einzutauchen: Bei Marie von Ebner-Eschenbach geht es um einen Augenblick im Hochsommer, der auch noch Jahrzehnte später in Erinnerung bleibt, Franziska zu Reventlow erzählt von seltsamen Urlaubsbekanntschaften, Erich Kästner nimmt uns mit auf eine Fahrt mit unerwartetem Ziel und Wolfgang Borchert schildert, zu welch amüsanten Begegnungen es in einem Gartenlokal kommen kann. Das perfekte Begleitbuch für sonnige Tage und laue Nächte!

Die schönsten Sommergeschichten

RECLAM

Helene Böhlau

Jugend

In dunkler Sommernacht fuhr die alte, gelbe Postkutsche auf der Erfurter Chaussee ihrem Ziele, dem Städtchen Weimar, zu.

Eine laubduftende, schwere, warme Nacht, der Mond schon untergegangen, die knorrigen Obstbäume am Straßenrand wie dunkle, kaum angedeutete Silhouetten, die weitausgedehnten Kornfelder strömen des vergangenen Tages Wärme und Wohlgerüche aus.

In der Postkutsche sind beide schmale Fenster niedergelassen, und ein einziger Passagier, ein junger Mann, atmet den Ledergeruch des alten Rumpelkastens, diesen Reisegeruch jener Tage, der sich zu solcher Stunde mit der weichen, geheimnisvollen, nach Korn duftenden Finsternis mischt.

Aus dem Chaussee-Einnehmerhaus blinkt ein trübes Öllämpchen wie ein schläfriges Auge. Der einzige helle Punkt weit und breit. Der Postillion klatscht mit der Peitsche – klatscht wieder und wieder, spuckt aus.

»Die Luder schlafen, – wie gewehniglich.« Er hat sich vom Bock geschwungen und macht sich am Halfter der Pferde zu schaffen.

So ein feuchter, dumpfer, zärtlicher Klatsch durch die Dunkelheit. Er hat dem Handpferd das weiche Maul geklopft. Die zarten, mächtigen Lippen schlappen feucht gegen die Trense. Durch das ganze Tier geht ein freudiger Ruck der Genugtuung.

Darauf eine Erschütterung der alten Kutsche. Der Postillion ist wieder aufgesprungen, flucht noch einmal über die verschlafenen Luder – und fort geht's, hart und rasselnd; und ein junger Schwärmer wird so der alten, wunderlichen Stadt zugeführt.

Der Postillion denkt bei sich: ›Gewiss och wieder eener von denen, die nich alle werden. Du meine Gite! Was hat denn der dervon, wenn er och en bar Mal an Herrn von Gethes Haus vorbeimarschieren dhut, oder auch, wenn's Glicke gut ist und wenn'r 'reinkimmt! Jesses ne!

Wenn ich Herr von Gethe wär', ich dächte mir: Blost mir in' Ärmel! Hab' ich 'n mehr als zwee Beene, dass 'r so ahngenärrscht kommt?

Nä, mir werd's ibel, wenn ich denke, mich wullten's alle zu sehen krieche, die Narrn. Der drinn tät och besser, sei Gerschtel firs Studium ahnzuwenden statt von Gettungen rein zu machen, oder woher er kimmt. Na, wenn's en freit, mir gann's wurscht sein.‹

Damit gab er seinen beiden Braunen ein Aufmunterungswichslein und vorüber rasselte es am Galgenberg, der dazumal sein Warnungszeichen noch trug.

Drin in der düsteren Kutsche schlug ein frisches, kühnes Herz, ein Herz voller Schwärmerei, wie jetzt keine mehr schlagen. Jetzt brennen die jungen Herzen, die wirklich brennen, Anthrazitkohle, ein konzentriertes, bestausgenutztes Brennen, in spitzer, scharfer, blauer Flamme.

Damals aber brannten die jungen Herzen Holzfeuerung, da knisterten Kienäste, da prasselte viel unnütz feuchter Saft in Feuergarben, und dunkler, schwermütiger Rauch schwelte.

Es war ein lustiges, träumerisches, verschwenderisches Brennen.

Ja, ein kleiner Überrest von solchen flammenden Holzstößen hat sich in unserer Zeit noch in Backfischherzen hinübergerettet.

Da knistern noch hin und wieder rührende Flämmchen für irgendein Idol.

Aber was ist das armselige Knistern gegen die Feuersbrunst in jener Postkalesche.

Vorgebeugt, die Hand in die Haare vergraben, saß jetzt der junge Mensch.

Seine Nasenflügel weiteten sich, es war, als witterte er Goethe, je näher er Weimar kam.

Er wallfahrte wie zu einem Gott.

Und wenn er sich hätte durchbetteln müssen, einmal in seinem Leben musste er in Goethes Nähe sein. Da er verstand, den Augenblick zu nützen, hatte das erste Geld, das als rundes, freies Sümmchen seine Hand berührte, ihn reisefertig gemacht.

Und nun war er da!

Vor dem Erfurter Tor, am Chausseehäuschen, wurden seine Papiere beim Schein einer Laterne, in der zwei jungfräuliche Talgkerzen brannten, begutachtet. Seinen Namen trug er in ein Fremdenbuch ein und wurde dann unbeanstandet mitsamt der alten Rumpelpost eingelassen.

Der Postillion blies liebevoll und falsch: »Muss i denn – muss i denn zum Städtli hinaus – Städtli hinaus«. Was geht das einen alten Postillion an, ob er hinaus- oder hineinfährt. Völlig »wurscht« ist ihm das.

Er fuhr seinen jungen Passagier bis vor den Russischen Hof, weil der doch einmal am Wege zur Post lag.

Und somit stand der Schwärmer alsobald auf heiligem Boden.

»Da missen Se schellen, wenn Se n'ein wollen! – aber dichtig – hären Se, die hären och nich!«, rief der Postillion. »Und auf Ihren Kuffert geben Se Owachtchen! Seit mir gar so viel bedeitende Leite ins Nest kriechen, wäre mir Weltstadt.«

Damit rumpelte er weiter und nahm sein Stücklein wieder auf, denn er musste blasend in den Posthof einfahren.

Der junge Mann aber stand in schweigender Nacht mitten in Goethes Stadt.

Ihm war zumute, als wäre er in einen geheimnisvollen

Tempel geraten, in dem ein Gott leibhaftig seinen Wohnsitz genommen hatte.

Endlich läutete er, und ein verschlafener Hausbursche nahm sich seiner verschlafen und »sachtchen« an.

Es war ein echter und rechter Hausbursche mit Zipfelmütze und Laterne, kräftigen Stallgeruch um sich verbreitend.

»Da sin Se mit der letzten Post rein? – Ja – is'n schone nach zwelfe?«, fragte er bedächtig. »Da wollen Se wohl ä Zimmerchen?«

Und er bekam ein Zimmerchen, ein Riesenzimmer, in dem drei weißüberzogene Betten wie Nippsachen verschwanden.

»Se brauchen doch nischt weiter«, fragte der Hausknecht – und zwar ohne Fragezeichen; zündete eine Talgkerze, die in einem Messingleuchter stand, bedächtig an seiner Laterne an. Die Lichtputzschere fiel dabei polternd zur Erde.

»Dass dich der Deiwel!«, gähnte er und suchte schlaftrunken ihrer wieder habhaft zu werden.

»Da sin Se wohl zum Feste rein?«

»Zu welchem Fest?«

»In Diefurth unten.«

»Nein.« Da wusste der Fremde nichts davon. »Was ist da los? Kann man dahin?«

»Fremde von Distinktion schon.«

»Wieso?«

»Was jetzt so hier durchkommt un sich hier aufhält, wenn's nicht Handlungsreisende sin, sind's allemal welche von Distinktion. Was soll denn eens hier duhn?«

Dieser Rede dunkler Sinn wurde dem Fremden nicht sofort klar, wie er es wohl auch dem Hausknecht nicht war, denn was der sich unter »Fremde von Distinktion« dachte, Gott weiß es. Seiner Erfahrung nach vielleicht Genies, und was von durchreisenden Genies zu halten war, das wusste er eben seiner Erfahrung nach: Unbezahlte Rechnungen, keine Trinkgelder,

Scherereien aller Art, zweifelhafte Leibröcke, nicht salonfähiges Schuhwerk.

Ja, man erzählte sich im Russischen Hof, dass ›Geheimderat‹ Bertuch jährlich eine gewisse Summe, vom Hof aus, zu verausgaben habe, einzig dazu bestimmt, die Toilettendefekte der durchreisenden Genies zu kaschieren. Da gab's Geschichten, es brauchte nur einer im Russischen Hof und im Elefanten nachzufragen.

Prüfend schaute der Hausknecht, bei der jetzt glänzenden Beleuchtung der Laterne und der Talgkerze, noch einmal auf die Toilettenverhältnisse des Fremden und kam zu der Überzeugung, dass dieser kein Genie sei.

»Befehlen der Herr noch was zum Nachtessen?«, geruhte er aus diesem Grunde zu fragen.

Der Fremde bestellte sich eine Flasche Wein, was auf den Hausknecht wieder einen günstigen Eindruck machte.

Ein Genie hätte sich einen Grog bestellt.

»Sag Er mal, mein Lieber«, fragte der junge Mann und hielt die schlürfende Bedienung im Hinausgehen auf, »wie ist das mit dem Feste?«

»Na, da kommen Se schone hin, wenn Se wollen – i worum nich? Da geht morgen alles, was Beine hat und nur irgendwas is.«

»Und Herr von Goethe?«

»Der allemal. Wo wäre der nich derbei? Auffihren dhun se ä Sticke von ihm. Was wees ichn, was immer lus is. Fragen Se nur beim Wirt, der verschafft Ihnen ä Bullet so sicher wie's Amen in der Kerche. Gegen Zugereiste sin mer in Weimer immer artig.«

Der junge Fremde, als der Hausknecht ihm den Wein gebracht und Gute Nacht gewünscht hatte, öffnete weit ein Fenster, goss sein Glas bis an den Rand voll und trank es dem zu, dessen Nähe er hier spürte.

Dann schaute er angestrengt in die Dunkelheit hinaus. Alte

Linden, die einen Weg oder einen Wassergraben beschatteten, ein kurzer, breiter Turm, allerlei Unbestimmtes, das aufdämmerte, trügerische Formen und tiefe Stille.

Ein Uhr schlug es jetzt mit traulichem Schlag. Der Nachtwächter machte die Runde und sang sein Lied.

Ob derselbe auch vor Goethes Haus singt?

Der junge Fremde hörte andächtig zu.

Rührung, als wäre er in seiner eigenen Heimat nach langem Umherirren angelangt, überkam ihn. Es wurde ihm so sonderbar zumute, als er dachte, dass der große Mann keine Ahnung hatte, was für ein treuer Freund ihm hier angekommen war, und dass er wohl nie etwas davon erfahren würde.

Das schmerzvoll einsame Gefühl einer unglücklichen Liebe stieg in ihm auf.

Er war gekommen, einen Gott anzubeten, einen Begriff – und fühlte hier die Nähe des Menschen auf sich wirken, des Menschen, von dem er ein Echo für seine Begeisterung wollte.

Mit einem Mal kam er sich so unnütz in dem dunkeln, alten Städtchen vor; seine Reise erschien ihm lächerlich, was ihm zwingend gewesen war, zerfiel zu nichts. Ja, er musste ihn sehen und sprechen – das war's! – das musste sein! Und aufgeregt ging er im Zimmer auf und ab.

Doch höchst eigentümlich, dass er gerade zu diesem Feste kommen musste!

Seine Phantasie machte die tollsten Sprünge – und er ging schlafen als Goethes ganz unentbehrlicher Freund, als der, den der große Mann längst gesucht und endlich gefunden. Er tat dem Verehrten die wichtigsten Dienste, siedelte ganz nach Weimar über und war der glücklichste Mensch.

Ein wunderbar sonniger Sommertag brach an. Der Student war mit dem Frühsten munter, und es währte nicht lange, da durchwanderte er die engen, winkligen Sträßchen Weimars.

An dem großen, gusseisernen Brunnen stand er und starrte auf die lange Reihe schlichter Fenster, hinter denen der Große lebte.

Zufällig erfuhr er, dass Herr von Goethe sein Gartenhaus unten am Stern schon bezogen habe. Er ging sofort dahin und sah sich die Augen halb aus.

Sonnenfrieden über den hohen Baumwipfeln, dem weißen Häuschen mit seiner hohen, grauen Schindelmütze, weite Wiesen, Vogelgezwitscher.

Die Wiesenblumen stehn in voller Pracht.

Es ist nichts Lieblicheres zu denken als dieser grüne, weiche Friede. Nirgends ein Haus. Kein Geräusch – keine Menschenseele.

Hier verbringt also dieser Glücklichste seine Sommertage! Eine Einsamkeit, die er in wenigen Augenblicken mit der reizvollsten Geselligkeit vertauschen kann.

Ihn lieben die Götter! Das steht fest, und zwar alle ganz einmütig.

Und so weise, diese stillen Erdenwinkel zu finden – zu halten und zu genießen!

Von hier aus strahlte also das Begeisternde über ganz Deutschland, von hier ging es aus, das frische, starke Leben, das sich in Tausende steifer und schlafender Alltagsherzen ergoss und sie lebendig schlagen ließ.

Ja, wahrhaftig, so ein Student vergibt sich nichts, wenn er hier auf- und niederrennt in mächtiger Begeisterung.

Als er wieder in seinen Russischen Hof sonnedurchwärmt zurückkehrte, hatte der Wirt ihm bereits ein Billett vom Hofamt zur Aufführung in Tieffurth holen lassen.

Mit welcher Weihe, Vorsicht und Eleganz kleidete er sich am Nachmittag an, wie ein Bräutigam.

Und stattlich und schön sah er aus, das musste er selbst zugestehen. Er war mit sich zufrieden, – ein Fremder von Distinktion.

So machte er sich gegen Abend auf, nach Tieffurth zu wandern. Der Wirt wollte ihn bereden, ein Fuhrwerk zu nehmen, der Gast aber wollte gehen, den heiligen Boden berühren und auf Schritt und Tritt hoffen, dass ihm etwas Intimes, Entscheidendes begegne.

»Fehlen können Sie nicht; wo alles hinrennt, laufen Sie mit«, sagte der Wirt, als er seinen Gast bis vor die Haustür begleitete.

»Sehen Sie dort, mein Herr, dort die geputzten Frauenzimmer, denen gehen Sie nur getrost nach, dann sind Sie sicher nicht irregegangen.«

Ein ganzer Schwarm junges Volk! Das lachte und schwatzte, flatterte in hellsten, lustigsten Farben wie ein wandelndes Blumenbeet, Eifer, Lebenslust, Ausgelassenheit.

Ah, denen war's wohl!

Solche lustigen Vögel wohnten auch in dem engen, grauen Nest.

An solches Nebenvolk hatte unser guter Junge noch gar nicht gedacht.

Für ihn thronte hier Goethe, der Gottmensch, dass sich irgendetwas anderes hier noch breit machen konnte! –

Und wie es sich breit machte, nahm die ganze Straße ein, eine an die andere gedrängt, eine ganze Kette lustig flatternder Fähnchen, blumengeschmückter Häupter und nickender Hüte – und Lachen und Kichern ohne Ende.

Das waren im Grund ganz annehmbare Führer.

Er beeilte sich, sie nicht aus dem Auge zu verlieren.

Welch schöne, schattige Allee, in die sie jetzt einbogen.

O, sie wussten ihren Weg.

Hinter ihnen, vor ihnen wanderte buntes Volk; aber zwischen ihnen und dem Studenten war ein freier Raum.

Er hielt sich tapfer ihnen nah, wenn auch in gemessener Entfernung.

Da war eine unter den jungen Frauenzimmern, die lachte, wie er noch nie lachen gehört hatte.

Das war ein Lachen!

Und wenn sie damit anhub, flog ein ganzer Chor von Lachstimmen mit der ihren auf, wie ein Schwarm weißer, sonnebeschienener Tauben.

So lustig waren sie hier in diesem Nest, da musste eine gute, leichte Luft sein.

Hier musste sich's leben lassen.

Es war nicht nur das Lachen, das ihm das fremde, kleiderumflatterte Ding merkwürdig machte, nein sie war eben ganz Lachen – da war kein Blutstropfen, der nicht mitkicherte.

Bald hing sie der einen am Hals, bald der andern. Da hatte sie etwas zu tuscheln, da gab sie einen Schubs als Antwort. Jetzt nahm sie den Hut ab, da flogen die lebendigsten, blonden Locken im Sommerwind, – so volle, runde, leichte Locken.

Sie war gegen die anderen Frauenzimmer wie nicht bekleidet. Ihre Körperformen drangen mutwillig durch alle Falten hindurch, ließen sich gar nicht verbergen. Es war so etwas Lustiges, Bewegliches in ihnen.

Sie war es auch, die den Fremden zuerst bemerkte.

Er verstand, wie sie sagte: »Da steigt uns einer nach!« und darauf das köstliche Lachen, als wollte sie sich in Lachen auflösen.

Sie schien eine lose Bemerkung geflüstert zu haben.

Den ganzen Schwarm brachte sie in Aufregung.

Und nicht lange währte es, da schaute sie sich um und wieder um.

Die Mädchen verlangsamten ihr Tempo, als sollte er an ihnen vorübergehen. Und er ging auf diesen Vorschlag ein, benutzte aber sein Recht als Fremder, zog den Hut und fragte die geputzten Frauenzimmer nach dem Tieffurther Weg.

Das bewegliche Mädchen erwiderte ihm: »Da sind Sie ja ganz recht. O, – als ob Sie den Weg nicht wüssten. Wir haben Sie längst gesehn, mein Herr.«

Er versicherte aber, dass er völlig fremd hier sei.

»Ihr müsst's wissen«, wandte sie sich an ihre Begleiterinnen, »ob der Herr hierher gehört oder nicht. Ich bin selbst fremd hier.«

»Nein, sie hatten ihn noch nie gesehen«, kam es schüchtern bestätigend von manchen Lippen.

»Na also, wenn's so ist, wie Sie sagen, da gehen Sie nur, wo wir gehen. Wir kommen schon an.«

So war er also mitgenommen.

Unterwegs hielt er sich zu dem schönen Geschöpf. Die andern waren mehr oder weniger von jetzt an wie auf den Mund geschlagen, sehr ehrbar und steif.

Ein adrett gekleidetes Demoisellchen sagte: »Ich bin nur begierig, wo wir auf Frau Rätin Tiburtius und die andern ältern Damen treffen.«

Die junge Schönheit, die das gehört hatte, wendete sich zu dem Studenten. »Nicht wahr, Sie fressen uns nicht, auch wenn wir ohne alte Schachteln sind?«

»Aber Lorchen!«

»Jawohl, ihr kommt nie aus dem Steckkissen raus. Sind wir nit Manns genug? Alte Weiber kann i nit leiden, wenn's einen immer auf der Nasen sitzen.«

Der Student stellte sich auf das wohlerzogenste vor.

»Hoffentlich tanzen Sie?«, fragte das schöne, lebhafte Mädchen.

»Zur Not, Demoiselle.«

»Ach was, wenn man tanzt, tanzt man nit zur Not!«

Sie war Fränkin, das verriet sich gleich.

»Aus Koburg?«, fragte er.

»Ja, nit wahr? Und wie alt sinds? Sinds verehelicht oder ledig? – Wie auf dem Passbureau? Ich weiß nit, dass die Leut hier gar so schwerblütig sind.«

»Lorchen!«, sagte wieder eine Kameradin flüsternd ermahnend.

»Ja, steifleinen sind hier die Leut! Wissens, gestern ist mir der Herr von Goeth nachgestiegen – der Oberbonz – der merkte auch, da läuft was nicht Weimarsches.«

»Goethe! – Nein!«, rief der Student außer sich.

»Na, als ob nit? Freilich und wie! Gestiegen ist er wie noch mal 'n Kavalier. Zu kurze Beine hat er gehabt, – das hatt' ich gleich weg!«

Im Eifer des Gesprächs hatte sich Lorchen in die Arme des Studenten eingehenkt und hatte es so kindlich, reizend und lebhaft getan, als müsste es so sein. Eine ihrer Kameradinnen sagte zur andern: »Kokette Trine, die!« –

Die Erwähnung der kurzen Beine gab dem Studenten einen Stich ins Herz. So einem Frauenzimmer ist nichts heilig.

»Aber Demoiselle«, sagte er verweisend.

»Der, wenn nit zu kurze Beine hat und nit zu eingebildet ist, will ich Matz heißen. Kurzbeiniges Mannsvolk ist mir nu na zuwider. Und wenn eins schreiben kann wie zwanzig Schulmeister zusammengenommen.«

»Na, und wenn ich denke, wie der abgeschleckt werden würd, wenn alles schlecken dürft, was wollt! Nein, der könnt schon um ein Busserl vor mir auf der Erde rutschen – nit um die Welt! So'n Aff!«

Der Student hatte einen solchen Ärger über die dumme Gans, dass er sie am liebsten abgeschüttelt hätte; – aber wie er so auf sie niedersah, stieg es ihm glutheiß zu Herzen. Da wogte und vibrierte alles in und um das herrliche Persönchen. Das Leben jagte sich nur so in ihr. Die Augen hatten einen Glanz, als wären sie an ganz andere Sonne gewohnt. Ihre Schritte tanzten, der feuchte Mund glänzte und lächelte, und die junge Brust hob und senkte sich so lustig, so in süßer Harmonie. Um dies ganze Geschöpf war ein fremdes, sonniges, warmes Klima für sich, das sie von allen andern absonderte. Sie mochte tun, was sie wollte, sie tat es wie in einer eignen Atmosphäre.

Nein, so etwas war dem braven Studenten aus gutem Haus wahrlich noch nicht über den Weg gelaufen.

Unwillkürlich hielt er den warmen, lebendurchströmten Arm fester an sich gepresst.

»Drückens nit so!«, sagte sie schelmisch.

Die meisten der jungen Frauenzimmer schauten schon missbilligend auf sie.

Das mochte heute Abend gut werden. Die würde alles an sich reißen.

»Unverschämte Person.«

Die aber kümmerte sich um keine Billigung und keine Missbilligung, plauderte mit ihrem Studenten und war drolliger Einfälle voll.

Nicht lange währte es, da hatte sie weg, dass er ein Goetheschwärmer war! Das amüsierte sie köstlich.

»Nein, ein Mannsbild fürs andre! Dass i nit lach! Sie verrückter Tropf!«

Und sie lachte und guckte ihm so schelmisch von unten herauf mitten in die Augen, als wollte sie sagen: ›Da könntest du wohl was Besseres tun.‹

Als sie in Tieffurth angelangt waren, strömte es von erwartungsvollen Menschen das Ilmufer entlang.

Es dunkelte schon. Und bei völliger Dunkelheit sollte die Aufführung beginnen.

Man sprach von einem wirklichen Kahn auf der Ilm und von einer kleinen Freitreppe, die zum Wasser hinunterführt.

Heutigen Tags sind diese paar Stufen noch zu sehen. Von einem chinesischen Tempel mit kleinen Glöckchen, der Tempel mit Wachstuch überzogen, von da aus sollten die Herrschaften das Schauspiel betrachten.

Der Tieffurther Park mit seinen hohen, herrlichen Bäumen, der plaudernden Ilm, den weiten Wiesen, den bunten, heitern Menschen machte auf unsern Studenten einen entzückenden Eindruck.

Vom Schlosse her sanfte Musik.

Und so in Goethes Nähe mit dem schönen Mädchen am Arm! Mit dem Mädchen, das sich gestern in Goethes Augen widergespiegelt hatte, das, wenn sie wirklich wahr gesprochen hatte, vom Goethe bemerkt war, das ihn entzückt hatte.

Ja, eigentlich weshalb denn nicht, war sie denn nicht entzückend?

Und sie hatte ihn – Goethen vorgezogen? Toller, unsinniger Gedanke! Und dieser Gedanke packt ihn, benebelt ihn. Welch ein sonderbares Schicksal!

Er ging mit seiner heitern Schönen die Ilm entlang, aus dem Bereich der Masse. Und ging, ohne zu denken, dass er ging. Er fühlte sie; – ihr wunderbares, lebendiges Klima erwärmte, verschönte, belebte auch ihn.

Das Einzige, was er empfand, war – sie bald – bald zu küssen! Er wollte sie nur ganz von lästigen Spähern abtrennen, und so gingen sie und gingen ins Unbewusste hinein.

Sie an ihn fest angedrängt.

Ja, er durfte wagen, sie zu küssen! – und er küsste sie so ganz einfach, ohne ein Wort zu sagen, als kennten sie sich schon lange.

Sie trank seine Küsse – ja, sie trank sie durstig.

»Ich weiß nit«, sagte sie, »du bist so ganz mein Gusto – so ganz was ich will; gleich gefielst du mir.

Und morgen reis' ich, du gehörst Gott weiß wohin – – und

ich, Gott weiß wohin. Frag nit nach mir. Küss mich halt. Ich möchte so gern grundselig heut sein!«

Ja – und er küsste sie. Die weichen, lebendigen Locken schlangen sich ihm um die Hände.

Der Mond schien, die Ilm rauschte. Sie waren weit, weit vom Festplatz entfernt. Zarter Gesang, eine wundervoll singende Frauenstimme, gedämpfte Musik, fernes Aufleuchten und Flimmern.

»Jetzt spielen sie«, sagte sie lustig und dennoch wie hinsterbend vor Wonne.

Die Ilm glitzerte ihnen zu Füßen.

»Die, mit ihrem dummen Kahn«, begann das schöne, liebestrunkene Geschöpf wieder – »solche Kindereien – Nicht, du? und einen Tempel aus Wachstuch! Weißt du, so am Wasser, wie hier, bin ich aufgewachsen; auf unserm Gut. An der Schulstub, in der wir beim Hauslehrer lernen mussten, floss solch ein Wässerlein vorbei.

Die ganzen Sommertage lebten wir darin. Nass kamen wir durchs Fenster in die Stub, wenn der Lehrer zum zwanzigsten Mal gerufen hatte, ein ganzes Rudel Mädels und Buben.

Triefend standen wir um den Tisch.

Die ganze Stube schwamm.

Er schlug nach uns. Wir lachten.

Ach, weißt du, das war schön!«

Sie dehnte sich in seinen Armen bei dieser Erinnerung. Ja, das hatte ihr gefallen, das war so ganz ihr Gusto gewesen, wie es schien.

»Dann kamen böse Zeiten«, sagte sie träumerisch.

Mit einem Mal aber war ein ganz übersprudelndes Leben in sie geraten, als wären irgendwie Lebensschleusen geöffnet worden.

Sie hing an seinem Hals mit einer süßen, wallenden Leidenschaft und sagte flüsternd, mit spitzbübischer Freude an einem tollen Streich: »Gehen mir ins Wasser – weißt? – Lass die

Dummen dort mit ihrem eingebildeten Zeug! Das wirkliche Leben ist so schön – – so schön! Und hier das bissel Musik, was herüberklingt, ist besser als die ganze Geschichte.«

Sie zog ihn mit sich fort. »Hier«, flüsterte sie im Laufen, »findet uns keine Menschenseele. Wer käm' auf die weite Wiese gegangen? Jetzt glotzen sie alle. –«

Und wie im Nu waren die flatternden, leichten Kleider abgestreift, nach alter Gewohnheit, kinderhaft leicht. – Und vor ihm stand im nebelhaften, flimmernden Mondlicht, unter dichtem Zweiggewirr – ein leuchtender, süßer, lockenumwallter Körper.

Ihm benahm der plötzliche Anblick den Atem.

Das war wie Zauberei geschehen, und so behände wie eine Eidechs huschte sie das Ufer hinab – und jetzt leuchtete es auf in den Wellen – lockend – silbern – und das süße, unwiderstehliche Lachen erklang.

»Komm, dummer Bub, eil dich.«

Ja, und auch er legte seine Kleider ab, wie im Rausch, wie im Fieber, mit klopfendem Herzen.

Und sie empfing ihn mit einem tollen Sprühregen, schlug mit den leuchtenden Armen in die Wellen und warf ihm das Wasser händevoll ins Gesicht. Dabei immer das köstliche, halbunterdrückte Lachen.

Dazwischen die ferne, singende Frauenstimme, dann Chorgesang und Musik.

»Das tun sie für uns!«, lachte sie. »Wenn die das wüssten!«

Sie peitschte ihn mit ihrem Haar, als er sie packte, in die Höhe riss und auf seinen Armen trug.

»Lässt du mich! Eklicher Bub!«, rief sie und schlug und biss um sich wie eine wilde Katze.

So tobten und rangen sie miteinander in süßer Wut – und wieder ausgelassen wie zwei Schulbuben, und trieben es endlos.

»Nun noch einen nassen Kuss«, flüsterte sie, legte ihr feuchtes Gesicht an das seine und küsste ihn so zierlich wie ein kleines Kind. Dann in ein paar Sätzen war sie beim Ufer hinauf zum Platz geeilt, wo ihre Kleider lagen. Wie ein verkörperter Lichtstrahl im Mondenschein leuchtend, schüttelte sie sich, schüttelte ihre Locken und im Nu war sie in ihren Gewändern; dann stand sie und wartete auf ihn, erbat sich sein Taschentuch, um ihr feuchtes Haar zu trocknen, trocknete und rieb, steckte die luftigen Locken zierlich auf; und stand bald wieder da in ihrem fraulichen Reiz, das festlich gekleidete, junge Mädchen.

Für ihn war es beschwerlicher, wieder in sein Kleidergehäuse zu kommen. Das dichte Buschwerk machte es ihm nicht leichter. Zu guter Letzt wollte die hohe kunstvolle Krawatte nicht sitzen, und er kam nicht so recht vollendet in der Erscheinung zur zierlichen wartenden Nixe zurück.

Sie hing sich in den Arm ihres hingerissenen, betäubten Begleiters ein, nestelte an ihrem Öhrchen und drückte ihm etwas in die Hand.

»Das behalte zu meinem Gedenken.« Das sprach sie würdig wie der Priester beim Abendmahl, schlang noch einmal den Arm um ihn und küsste ihn mit hinsterbender Leidenschaft.

»Du hast mir gleich so gut gefallen«, wiederholte sie noch einmal und sagte das so einfach.

»Wann sehen wir uns wieder, Lorchen?«, fragte er außer sich.

»Nie. – Nein gewiss, nie. Ich reise noch heut in der Früh.« Da lachte sie über den Reim – und weinte dazwischen und lachte wieder.

»Lass dir ein Ringerl davon machen.« Sie tippte ihn auf die verschlossene Hand, in der er das Angedenken hielt.

Als sie an den Festplatz kamen, waren alle Lichter gelöscht, – das Schauspiel aus, die Herrschaften zur Tafel gegangen.

Er hatte Goethe zu sehen versäumt!

Und wie er sich dessen inne ward, ganz verblüfft stand, war ihm das feuchte Nixlein schon von der Seite gekommen, entwischt wie ein Zauber – unter einer Gruppe von Leuten verschwunden.

Er lief ihr nach, – er suchte sie – suchte sie bis spät in die Nacht, wie ein Unsinniger. Einmal war es ihm, als sähe er sie auf dem Tanzplatz unter der großen Linde im Gutshof, im Arm eines vornehmen Herrn mit dahinrasen, als er aber näher hinzukam, war sie wieder im Gedräng verschwunden.

Abgemattet kam er gegen Morgen in Weimar an, mit wirrem Kopf; trostlos, etwas Köstliches verloren zu haben und Goethe nicht gesehen zu haben.

Und er hatte kein Glück, während seines Aufenthalts in Weimar bekam er ihn auch nicht zu sehen.

Das hatte er verscherzt.

Das Angedenken, das ihm Lorchen hinterlassen hatte, war ein rotes, ovales Muschelstück mit einer Gemme darauf, ein Apollokopf mit Sonnenstrahlenkrone, und er ließ noch in Weimar dieses kleine Pfand zum Ringlein umbilden und trug es sein Lebtag.

Theodor Storm

Im Sonnenschein

1

In den höchsten Zweigen des Ahornbaums, der an der Gartenseite des Hauses stand, trieben die Stare ihr Wesen. Sonst war es still; denn es war Sommernachmittag zwischen eins und zwei.

Aus der Gartentür trat ein junger Reiteroffizier in weißer festtäglicher Uniform, den kleinen dreieckigen Federhut schief auf den Kopf gedrückt, und sah nach allen Seiten in die Gänge des Gartens hinab; dann, seinen Rohrstock zierlich zwischen den Fingern schwingend, horchte er nach einem offenstehenden Fenster im oberen Stockwerke hinauf, aus welchem sich in kleinen Pausen das Klirren holländischer Kaffeeschälchen und die Stimmen zweier alter Herren deutlich vernehmen ließen. Der junge Mann lächelte, wie jemand, dem was Liebes widerfahren soll, indem er langsam die kleine Gartentreppe hinunterstieg. Die Muscheln, mit denen der breite Steig bestreut war, knirschten an seinen breiten Sporen; bald aber trat er behutsam auf, als wolle er nicht bemerkt sein. – Gleichwohl schien es ihn nicht zu stören, als ihm aus einem Seitengange ein junger Mann in bürgerlicher Kleidung mit sauber gepuderter Frisur entgegenkam. Ein Ausdruck brüderlichen, fast zärtlichen Vertrauens zeigte sich in beider Antlitz, als sie sich schweigend die Hände reichten. »Der Syndikus ist droben; die alten Herren sitzen am Tokadilletisch«, sagte der junge Bürger, indem er eine starke goldene Uhr hervorzog, »ihr habt zwei volle Stunden! Geh nur, du kannst rechnen helfen.« Er zeigte bei diesen Worten den Steig entlang nach einem hölzernen Lusthäuschen, das auf Pfählen über den unterhalb des Gartens vorüberströmenden Fluss hinausgebaut war.

»Ich danke dir, Fritz. Du kommst doch zu uns?«

Der Angeredete schüttelte den Kopf. »Wir haben Posttag!«, sagte er und ging dem Hause zu. Der junge Offizier hatte den Hut in die Hand genommen und ließ, während er den Steig hinabging, die Sonne frei auf seine hohe Stirn und seine schwarzen ungepuderten Haare scheinen. So hatte er bald den Schatten des kleinen Pavillons, der gegen Morgen lag, erreicht.

Die eine Flügeltür stand offen; er trat vorsichtig auf die Schwelle. Aber die Jalousien schienen von allen Seiten geschlossen; es war so dämmerig drinnen, dass seine noch eben des vollen Sonnenlichts gewöhnten Augen erst nach einer ganzen Weile die jugendliche Gestalt eines Mädchens aufzufassen vermochten, welche, inmitten des Zimmers an einem Marmortischchen sitzend, Zahl um Zahlen mit sicherer Hand in einen vor ihr liegenden Folianten eintrug. Der junge Offizier blickte verhaltenen Atems auf das gepuderte Köpfchen, das über den Blättern schwebend, wie von dem Zuge der Feder, harmonisch hin und wider bewegt wurde. Dann, als einige Zeit vorübergegangen, zog er seinen Degen eine Handbreit aus der Scheide und ließ ihn mit einem Stoß zurückfallen, dass es einen leichten Klang gab. Ein Lächeln trat um den Mund des Mädchens, und die dunkeln Augenwimpern hoben sich ein weniges von den Wangen empor; dann aber, als hätte sie sich besonnen, streifte sie nur den Ärmel der amarantfarbenen Kontusche zurück und tauchte aufs Neue die Feder ein.

Der Offizier, da sie immer nicht aufblickte, tat einen Schritt ins Zimmer und zog ihr schweigend die Feder durch die Finger, dass die Dinte auf den Nägeln blieb.

»Herr Kapitän!«, rief sie und streckte ihm die Hand entgegen. Sie hatte den Kopf zurückgeworfen; ein Paar tiefgraue Augen waren mit dem Ausdruck nicht allzu ernsthaften Zürnens auf ihn gerichtet.

Er pflückte ein Rebenblatt draußen vom Spalier und wischte ihr sorgfältig die Dinte von den Fingern. Sie ließ das ruhig an sich geschehen; dann aber nahm sie die Feder und fing wieder an zu arbeiten.

»Rechne ein andermal, Fränzchen!«, sagte der junge Mann.

Sie schüttelte den Kopf. »Morgen ist Klosterrechnungstag; ich muss das fertig machen.« Und sie setzte ihre Arbeit fort.

»Du bist ein Federheld!«

»Ich bin eine Kaufmannstochter!«

Er lachte.

»Lache nicht! Du weißt, wir können die Soldaten eigentlich nicht leiden.«

»Wir? Welche wir sind das?«

»Nun, Konstantin«, – und dabei rückte ihre Feder addierend die Zahlenreihen hinunter – »wir, die ganze Firma!«

»Du auch, Fränzchen?«

»Ach! Ich« – – Und sie ließ die Feder fallen und warf sich an seine Brust, dass sich ein leichtes Puderwölkchen über ihren Köpfen erhob. Sie strich mit der Hand über seine glänzend schwarzen Haare. »Wie eitel du bist!«, sagte sie, indem sie den schönen Mann mit dem Ausdruck wohlgefälligen Stolzes betrachtete.

Von der Stadt herüber kam der Schall einer Militärmusik. Die Augen des jungen Kapitäns leuchteten. »Das ist mein Regiment!«, sagte er und hielt das Mädchen mit beiden Armen fest.

Sie bog sich lächelnd mit dem Oberkörper von ihm ab. »Es hilft dir aber alles nicht!«

»Was soll denn daraus werden?«

Sie hob sich auf den Fußspitzen zu ihm heran und sagte: »Eine Hochzeit!«

»Aber die Firma, Fränzchen!«

»Ich bin meines Vaters Tochter.« Und sie sah ihn mit ihren klugen Augen an.

In diesem Augenblick drang, in scheinbar unmittelbarer Nähe, vom obern Stockwerke des Hauses der Laut einer harten Stimme zu ihnen herüber. Die Stare flogen schreiend durch den Garten; der junge Offizier, wie in unwillkürlicher Bewegung, schloss das Mädchen fester in seine Arme. »Was hast du?«, sagte sie. »Die alten Herren haben die erste Partie gespielt; nun stehen sie am Fenster, und Papa macht das Wetter für die nächste Woche.«

Er sah durch die Tür in den sonnbeschienenen Garten hinaus. »Ich habe dich«, sagte er. »Es darf nicht anders werden.«

Sie wiegte schweigend einige Mal den Kopf; dann machte sie sich los und drängte ihn gegen die Tür. »Geh nun!«, sagte sie. »Ich komme bald; ich lass' dich nicht allein.«

Er fasste ihr zartes Gesichtchen in seine Hände und küsste sie. Dann ging er zur Tür hinaus und seitwärts den Steig hinauf; an dem Ligusterzaun entlang, der das tiefere Flussufer von dem Garten trennte. So, während seine Augen dem unaufhaltsamen Vorüberströmen des Wassers folgten, gelangte er an einen Platz, wo das marmorne Bild einer Flora inmitten sauber geschorener Buchsbaumarabesken stand. Die zwischen den Schnörkeln eingelegten Porzellanscherben und Glaskorallenschnüre leuchteten zierlich aus dem Grün hervor; ein scharfes Arom erfüllte die Luft, untermischt zuweilen mit dem Duft der Provinzrosen, die hier zu Ende des Steiges an der Gartenmauer standen. In der Ecke zwischen diesem und dem Ligusterzaun war eine Laube, tief verschattet von wucherndem Geißblatt. Der Kapitän schnallte seinen Degen ab und setzte sich auf die kleine Bank. Dann begann er mit der Spitze seines Rohrstocks einen Buchstaben um den andern in den Boden zu zeichnen, die er immer wieder, als könne ein Geheimnis durch sie verraten werden, bis auf den letzten Zug zerstörte. So trieb er es eine Zeitlang, bis seine Augen an dem Schatten einer Geißblattranke haften blieben, an deren Ende er die feinen Röhren der Blüte deutlich zu erkennen vermochte. Bald im längeren Betrachten bemerkte er daran den Schatten eines Lebendigen, der langsam an dem Stängel hinaufkroch. Er sah dem eine Weile zu; dann aber stand er auf und blickte über sich in das Gewirr der Ranken, um die gefährdete Blüte zu entdecken und das Ungeziefer herunterzuschlagen. Aber die Sonnenstrahlen brachen sich zwischen den Blättern und blendeten ihn; er musste die Augen abwenden. – Als er sich wieder auf die Bank gesetzt hatte, sah er wie zuvor die Ranke scharf und deutlich auf dem sonnigen Boden liegen; nur zwischen den schlanken Kelchen der Schattenblüte haftete jetzt eine dunkle Masse, die von Zeit zu Zeit durch zuckende Bewegungen eine emsige tierische Tätigkeit verriet. Er wusste nicht, wie es ihn überkam, er stieß nach dem arbeitenden Klumpen mit seinem Rohrstock; aber über ihm ging der Sommerwind durch das Gezweige, und die Schatten huschten ineinander und entwischten ihm. Er wurde eifrig; er spreizte die Knie auseinander und wollte eben zu einem neuen Stoße ausholen; da trat die Spitze eines seidenen Mädchenschuhs ihm in die Sonne.

Er blickte auf, Franziska stand vor ihm; die Feder hintern Ohr, deren weiße Fahne wie ein Taubenfittich von dem gepuderten Köpfchen abstand. Sie lachte, eine ganze Weile; unhörbar erst, man sah es nur. Er lehnte sich zurück und blickte sie voll Entzücken an; sie lachte so leicht, so mühelos, es lief über sie hin wie ein Windhauch über den See; so lachte niemand anders.

»Was treibst du da!«, rief sie endlich.

»Dummes Zeug, Fränzchen; ich scharmutziere mit den Schatten.«

»Das kannst du bleibenlassen.«

Er wollte ihre beiden Hände fassen; sie aber, die in diesem Augenblick sich nach der Gartenmauer umgesehen, zog ein

Messerchen aus ihrer Tasche und schnitt damit die aufgeblühten Rosen aus den Büschen. »Ich werde Potpourri machen auf den Abend«, sagte sie, während sie die Rosen an der Erde sorgfältig zu einem Häuflein zusammenlegte.

Er sah geduldig zu; er wusste schon, man musste sie gewähren lassen.

»Und nun?«, fragte er, nachdem sie das Messer wieder eingeschlagen und in den Schlitz ihrer Robe hatte gleiten lassen.

»Nun, Konstantin? – – Beisammen sein und die Stunden schlagen hören.« – Und so geschah es. – Vor ihnen drüben in dem Zitronenbirnbaum flog der Buchfink ab und zu, und sie hörten tief im Laube das Kreischen der Nestlinge; dann wieder, ihnen selber kaum bewusst, drang das Schluchzen des unterhalb fließenden Wassers an ihr Ohr; mitunter sank eine Kaprifolienblüte zu ihren Füßen; von Viertelstunde zu Viertelstunde schlug drüben im Hause die Amsterdamer Spieluhr. Es wurde ganz stille zwischen ihnen. Aber der Drang, den geliebten Namen leibhaftig vor sich ausgesprochen zu hören, überkam den jungen Mann. – »Fränzchen!«, sagte er halblaut.

»Konstantin!«

Und als würde er nach der langen Stille durch ihre Stimme überrascht und ihm erst jetzt das Geheimnis ihres Klanges offenbar, sagte er: »Du solltest singen, Fränzchen!«

Sie schüttelte den Kopf. »Du weißt, das taugt für Bürgermädchen nicht!«

Er schwieg einen Augenblick; dann fasste er ihre Hand und sagte: »Sprich nicht so! auch nicht im Scherz. Du hattest ja schon Lektionen beim Kantor. Was ist es denn?«

Sie sah ihn ernsthaft an; bald aber brach ein lustiger Glanz aus ihren Augen. »Nein«, rief sie, »schau nicht so finster! Ich will's dir sagen – ich rechne zu gut!«

Er lachte, und sie lachte mit. »Bist du mir aber auch zu klug, Franziska?«

– »Vielleicht!«, sagte sie – und ihre Stimme erhielt plötzlich einen tiefen, herzlichen Klang, als sie es sagte. – »Du weißt noch gar nicht, wie! Als du erst hier in die Stadt versetzt warst und dann zu meinem Bruder Fritz ins Haus kamst, war ich ein kleines Mädchen, das noch zwei volle Schuljahre vor sich hatte. Nachmittags, wenn ich nach Hause gekommen, schlich ich mich öfters in den Saal und stellte mich daneben, wenn ihr euch im Rapieren übtet. Aber du wolltest keine Notiz von mir nehmen. Einmal sogar, als deine Klinge mir in die Schürze fuhr, sagtest du: ›Setz dich ins Fenster, Kind.‹ Du weißt wohl nicht, was das für böse Worte waren! – Nun aber begann ich auf allerlei Listen zu sinnen. Wenn Nachbarskinder bei mir waren, suchte ich dich durch eins der andern Mädchen – ich selber hätt' es nicht getan – zur Teilnahme an unsern Spielen zu veranlassen; und wenn du dann in unsern Reihen standest –«

»Nun, Fränzchen?«

»Dann lief ich so oft an dir vorüber, bis du mich endlich doch an meinem weißen Kleidchen haschen musstest.«

Sie war dunkelrot geworden. Er legte seine Finger zwischen ihre und hielt sie fest umschlossen. Nach einer Weile sah sie schüchtern zu ihm auf und fragte: »Hast du denn nichts gemerkt?«

»Doch; endlich!«, sagte er. »Du bist ja endlich groß geworden.«

»Und dann? – Wie kam es denn mit dir?«

Er sah sie an, als müsse er ihr Antlitz befragen, ob er reden dürfe. »Wer weiß«, sagte er, »ob es je gekommen wäre! Aber die Frau Syndika sagte einmal – –«

»So sprich doch, Konstantin!«

»Nein; mir zulieb! Geh erst einmal den Steig hinauf!«

Sie tat es. Nachdem sie die abgeschnittenen Rosen in ihre Schürze gesammelt, ging sie, ohne ein Wort zu sagen, nach dem Gartenhause und trat bald darauf mit leeren Händen wieder aus der Tür. – Sie hatte zierliche Füße und einen behänden Tritt; aber sie stieß im Gehen, unmerklich fast, mit den Knien gegen das Gewand. Der junge Mann folgte dieser Bewegung, so wenig schön sie sein mochte, mit den glücklichsten Augen; er merkte es kaum, als die Geliebte jetzt wieder vor ihm stand. »Nun«, fragte sie, »was sagte die Frau Syndika? Oder war es eine von ihren sieben Töchtern?«

»Sie sagte« – und er ließ seine Augen langsam an ihrer feinen Gestalt hinaufgleiten – »sie sagte: ›Die Mamsell Fränzchen ist eine angenehme Person; aber gehen tut sie wie eine Bachstelze!‹«

»O du!« – – Und Fränzchen legte die Hände auf dem Rücken ineinander und sah freudestrahlend auf ihn nieder.

»Seitdem«, fuhr er fort, »konnte ich's nicht wieder von mir bringen; überall hab ich müssen dich vor mir gehen und hantieren sehen.«

Sie stand noch immer vor ihm, schweigend und unbeweglich.

»Was hast du?«, fragte er. »Du siehst so stolz und vornehm aus!«

Sie sagte: »Es ist das Glück!«

»Oh, eine Welt voll!« Und er zog sie mit beiden Armen zu sich nieder.

2

Es war eine andere Zeit; wohl über sechzig Jahre später. Aber es war wieder an einem Sommernachmittage, und die Rosen blühten auch wie dazumal. – In dem oberen Zimmer nach dem Garten hinaus saß eine alte Frau. Auf ihrem Schoße, den sie mit einem weißen Schnupftuch überbreitet hatte, hielt sie eine dampfende Kaffeetasse; doch schien sie heute des gewohnten Trankes zu vergessen, denn nur selten und wie in Gedanken führte sie die Tasse an den Mund.

Nicht weit davon, dem Sofa gegenüber, saß ihr Enkel, ein Mann über die Zeit der vollsten Jugend noch kaum hinaus. Er stützte seinen Kopf in die Hand und blickte nach den kleinen Familienbildern, die in silberner Fassung über dem Sofa hingen. Der Großvater, die Urgroßeltern, Tante Fränzchen, des Großvaters Schwester, – sie waren lange tot, er hatte sie nicht gekannt. Nun ließ er seine Augen von einem zum andern gehen, wie er schon oft getan, wenn er mit der Großmutter in der stillen Nachmittagsstunde beisammensaß. Auf Tante Fränzchens Bilde schienen die Farben am wenigsten verblichen, obwohl sie vor den Eltern und lange vor dem Bruder gestorben war. Die rote Rose in der weißen Puderfrisur war noch wie frisch gepflückt; auf der amarantfarbenen Kontusche zeichnete sich deutlich ein blaues Medaillon, das an einem dunkeln Bande vom Halse auf die Brust herabhing. Der Enkel konnte nicht die Augen wenden von diesen kargen Spuren eines früh dahingegangenen Lebens; er blickte fast mit Inbrunst in das feine blasse Gesichtchen. Der Garten, wie er ihn als Knabe noch gesehen, trat vor seine Phantasie; er sah sie darin wandeln zwischen den seltsamen Buchsbaumzügen; er hörte das Knistern ihres Schuhes auf den Muschelsteigen, das Rauschen ihres Kleides. Aber die Gestalt, die er so heraufbeschworen, blieb allein; gebannt in dem grünen Fleckchen, das vor seinem innern Auge stand. Was sich um die Lebende einst mochte bewegt haben, ihre Gespielinnen, die Töchter aus den alten finsteren Patrizierhäusern, den Freund, der nach ihr spähte zwischen den Büschen des Gartens, hatte er keine Macht, ihr zu gesellen. »Wer weiß von ihnen!«, sprach er vor sich hin; das kleine Medaillon war ihm wie ein Siegel auf der Brust des vor so langer Zeit verstorbenen Mädchens.

Die Großmutter setzte die Tasse auf die Fensterbank; sie

hatte ihn sprechen hören. »Bist du in unserer Gruft gewesen, Martin?«, fragte sie. »Sind die Reparaturen bald zustande?«

»Ja, Großmutter.«

»Es muss alles in Ordnung sein; wir haben in unserer Familie immer auf Reputation gehalten.«

»Es wird alles in Ordnung kommen«, sagte der Enkel, »aber es ist ein Sarg eingestürzt; das hat einen Aufschub gegeben.«

»Sind denn die Eisenstangen abgerostet?«

»Das nicht. Er stand zuhinterst neben dem Gitter; das Wasser ist darauf getropft.«

»Das muss Tante Fränzchen sein«, sagte die Großmutter nach einigem Besinnen. – »Lag denn ein Kranz darauf?«

Martin sah die Großmutter an. »Ein Kranz? – – Ich weiß es nicht; er mag auch wohl vergangen sein.«

Die Greisin nickte langsam mit dem Kopf und sah eine Weile schweigend vor sich hin. »Ja, ja!«, sagte sie dann, fast wie beschämt, »es ist nun freilich schon über funfzig Jahre her, dass sie begraben wurde. Ihr Fächer, der mit Schmelz und Flittern, liegt noch drüben im Saal in der Spiegelkommode; ich habe ihn aber gestern nicht finden können.«

Der Enkel vermochte ein Lächeln nicht zu unterdrücken. Die Großmutter bemerkte es und sagte: »Deine Braut, der Wildfang, ist mir wohl wieder über meinem Kram gewesen. Ihr sollt mir das nicht zu euren Possen gebrauchen!«

»Aber Großmutter, wie sie neulich abends in deinem Reifrock durch den Garten promenierte – ihr wäret alle eifersüchtig geworden, wenn sie anno neunzig so in eure Laube getreten wäre.«

»Du bist ein eitler Junge, Martin!«

»Freilich«, fuhr er fort, »die fremden braunen Augen hat sie nun einmal; die kommen jetzt ohne Gnade in die Familie!«

»Nun, nun«, sagte die Großmutter, »die braunen Augen sind schon gut, wenn nur ein gutes Herz herausschaut. – Aber die Fächer soll sie mir in Ehren halten! Tante Fränzchen trug ihn auf deines Großvaters Hochzeit, und mich dünkt, ich seh sie noch mit der dunkelroten Rose in den Haaren. Nachher hat sie dann nicht gar lange mehr gelebt. – Es war eine große Liebe zwischen den Geschwistern; sie hat ihrem Bruder dazumalen auch ihr Porträt geschenkt, und dein Großvater hat es, solange er lebte, bei sich in seiner Schreibschatulle gehabt. – Später hingen wir es denn hieher, zu ihm und zu den Eltern.«

»Sie ist wohl schön gewesen, Großmutter?«, fragte der Enkel, indem er nach dem Bilde hinüberblickte.

Die Großmutter schien ihn nur halb zu hören. »Sie war ein kluges Frauenzimmer«, sagte sie, »und sehr geschickt in der Feder. Während dein Großvater in Marseille war, und auch wohl später noch, hat sie dem alten Vater alle Jahr die Klosterrechnungen ausgeschrieben; denn er war Klostervorsteher und dann Ratsverwandter, ehe er zweiter Bürgermeister wurde. – Sie hatte auch eine schlanke, wohlproportionierte Figur, und dein Großvater pflegte sie wohl mit ihren feinen Händen zu necken. Aber heiraten hat sie niemalen wollen.«

»Gab es denn derzeit keine jungen Männer in der Stadt, oder haben ihr die Freier nicht gefallen?«

»Das«, sagte die Großmutter, indem sie mit den Händen über ihren Schoß strich, »das, mein liebes Kind, hat sie mit sich in ihr Grab genommen. – Man sagte wohl, sie hab einmal einen leiden können; – Gott mag es wissen! Es war ein Freund deines Großvaters und ein reputierlicher Mensch. Aber er war Offizier und Edelmann; und dein Urgroßvater war immer sehr gegen das Militär. – Auf deines Großvaters Hochzeit tanzten sie miteinander, und ich entsinne mich wohl, sie machten ein schönes Paar zusammen. Unter den Leuten nannten sie ihn nur den Franzosen; denn er hatte rabenschwarzes Haar, das er nur selten pudern ließ, wenn er nicht just im Dienst war. Es ist aber das letzte Mal gewesen; er nahm bald darauf seinen Abschied und kaufte sich weit von hier einen kleinen Landsitz, wo er noch einige Zeit nach deines Großvaters Tode mit einer unverheirateten Schwester gelebt hat.«

Der Enkel unterbrach sie. »Es muss damals ein anderes Ding gewesen sein um die Herzensgeschichten«, sagte er nachdenklich.

»Ein anderes Ding?«, wiederholte die Großmutter, indem sie ihrem Körper für einen Augenblick die Haltung der Jugend wiederzugeben suchte. »Wir hatten so gut ein Herz wie ihr und haben unser Teil dafür leiden müssen. – Aber«, fuhr sie beruhigter fort, »was wisst ihr junges Volk auch, wie es dazumalen war. Ihr habt die harte Hand nicht über euch gefühlt; ihr wisst es nicht, wie mäuschenstille wir bei unsern Spielen wurden, wenn wir den Rohrstock unseres Vaters nur von ferne auf den Steinen hörten.«

Martin sprang auf und fasste die Hände der Großmutter.

»Nun«, sagte sie, »es mag vielleicht besser sein, so wie es jetzo ist. Ihr seid glückliche Kinder; aber deines Großvaters Schwester lebte in den alten Tagen. – Seit wir nach unserer Hochzeit das untere Stockwerk hier im Hause bewohnten, kam sie gern zu uns herunter; manchmal auch saß sie stundenlang bei deinem Großvater im Kontor und half ihm bei seinen Schreibereien. Im letzten Jahre, seit ihre Kräfte abzunehmen anfingen, fand ich sie wohl zuweilen über ihren Rechnungsbüchern eingeschlafen. Dein Großvater saß dann stille fortarbeitend ihr gegenüber an der andern Seite des Pultes, und ich erinnere mich noch gar wohl an das trauervolle Lächeln, womit er, wenn ich zu ihnen eintrat, mich auf die schlafende Schwester aufmerksam zu machen pflegte.«

Die Erzählerin schwieg eine Weile und blickte mit weitgeöffneten Augen vor sich hin, während sie mechanisch ihre Tasse schwenkte und mit Behutsamkeit die Neige ausschlürfte. Dann, nachdem sie die Tasse neben sich auf die Fensterbank gestellt hatte, sprach sie langsam weiter. »Unsere alte Anne konnte nicht genug davon erzählen, wie lustig und umgänglich ihre Mamsell in jüngeren Jahren gewesen sei; auch war sie die Einzige von den Kindern, die bei Gelegenheit mit dem Vater ein Wort zu reden wagte. – Solange ich sie gekannt, ist sie immer still und für sich gewesen; zumal wenn der Vater im Zimmer war, sprach sie nur das Notwendige und wenn sie just gefragt wurde. Was da passiert sein mag; – dein Großvater hat nie davon gesprochen. Nun sind sie alle längst begraben.«

Der Enkel betrachtete das Bild des Urgroßvaters, und seine Augen blieben an den strengen Linien haften, die den starken Mund von den Wangen schieden. »Es muss ein harter Mann gewesen sein«, sagte er.

Die Großmutter nickte. »Er hat seine Söhne bis in ihr dreißigstes Jahr erzogen«, sagte sie. »Sie haben darum bis in ihr spätes Alter auch niemals so recht einen eigenen Willen gehabt. Dein Großvater hat es oft genug beklagt. Er wäre am liebsten ein Gelehrter geworden, wie du es bist; aber die Firma verlangte einen Nachfolger. Es waren damals eben andere Zeiten.«

Martin nahm das Bild des Großvaters von der Wand. »Das sind milde Augen«, sagte er.

Die Großmutter streckte die Hände aus, als wolle sie aus ihrem Lehnstuhl aufstehn; dann ließ sie sie langsam ineinandersinken. »Jawohl, mein Kind«, sagte sie, »das waren milde Augen! Er hatte keine Feinde – nur einen mitunter – und das war er selber.«

Die alte Haushälterin trat herein. »Es ist einer von den Maurerleuten draußen; er wünscht den Herrn zu sprechen.«

»Geh hinaus, Martin!«, sagte die Großmutter. »Was ist es denn, Anne?«

»Sie haben etwas in der Gruft gefunden«, erwiderte die Alte, »ein Schaustück oder so etwas. Die Särge der alten Herrschaften wollen schon nicht mehr halten.«

Die Großmutter neigte ein wenig das Haupt; dann blickte sie in der Stube umher und sagte: »Mach das Fenster zu, Anne! Es duftet mir so stark; die Sonne scheint draußen auf die Buchsbaumrabatten.«

»Die Frau hat wieder ihre Gedanken!«, murmelte die alte Dienerin; denn der Buchsbaum war vor über zwanzig Jahren fortgenommen, und mit den Glaskorallenschnüren hatten derzeit die Knaben Pferd gespielt. Aber sie sagte nichts dergleichen, sondern schloss, wie ihr geheißen war, das Fenster. Danach stand sie noch eine Weile und sah durch die Zweige des hohen Ahornbaums nach dem alten Lusthäuschen hinüber, wohinaus sie vorzeiten ihren jungen Herrschaften so oft das Kaffeegeschirr hatte bringen müssen und wo die kranke Mamsell so manchen Nachmittag gesessen hatte.

Nun öffnete sich die Tür, und Martin trat hastigen Schrittes herein. »Du hattest recht!«, sagte er, indem er Tante Fränzchens Bild von der Wand nahm und es an dem silbernen Schleifchen der Großmutter vor die Augen hielt. »Der Maler durfte nur die Kapsel des Medaillons malen; der offene Kristall hat auf ihrem Herzen gelegen. Ich habe oft genug gefragt, was er verberge. Nun weiß ich es; denn ich habe Macht, es umzuwenden.« Und er legte ein verstäubtes Kleinod auf die Fensterbank, das, des grünen Rostes ungeachtet, der es überzogen hatte, als das Original zu der Zeichnung auf Tante Fränzchens Bilde nicht zu verkennen war. Das Sonnenlicht brach durch den trüben Kristall und beleuchtete im Innern eine schwarze Haarlocke.

Die Großmutter setzte schweigend ihre Brille auf; dann ergriff sie mit zitternden Händen das kleine Medaillon und neigte tief das Haupt darüber. Endlich nach einer ganzen Weile, wo in dem stillen Zimmer nur das unruhigere Atmen der alten Frau vernehmlich war, legte sie es behutsam von sich und sagte: »Lass es wieder an seinen Ort bringen, Martin; es taugt nicht in die Sonne. – Und«, fügte sie hinzu, indem sie das Tuch auf ihrem Schoße sorgsam zusammenlegte, »auf den Abend bring mir deine Braut! Es muss in den alten Schubladen noch irgendwo ein Hochzeitskettlein stecken; – wir wollen proben, wie es zu den braunen Augen lässt.«

Selma Lagerlöf

Auf der Reise nach Strömstadt

Die Reise nach Karlstadt

Back-Kajsa und ihr Schützling waren auf Reisen unterwegs. Sie saßen auf dem Bock der großen Kutsche neben dem Stallknecht Magnus, der von der Verantwortung, mit drei Pferden auf dem entsetzlichen Weg nach Karlstadt zu fahren, so ergriffen war, daß er kein Wort reden konnte.

Innen im Wagen saßen Frau Luise Lagerlöf und Mamsell Lovisa Lagerlöf mit Johann und Anna auf dem Rücksitz. Es war unbeschreiblich viel schöner auf dem Bock, wo man die Pferde sehen konnte, als unter dem Wagenverdeck eingeschlossen zu sein, und Johann hätte auch viel lieber neben dem Kutscher gesessen. Aber Frau Lagerlöf hatte gesagt, es gehe unmöglich an, Back-Kajsa auf den Rücksitz zu klemmen, und Selma mußte natürlich fahren, wo Back-Kajsa fuhr. Leutnant Lagerlöf war auch mit auf der Reise, aber er fuhr in seinem kleinen Chaischen allein vor den andern her.

Nun war es schon ein ganzes Jahr her, seit das kleine Mädchen die Krankheit in den Beinen bekommen hatte, und noch konnte es weder stehen noch gehen. Jetzt wollte man einen wirklich ernsthaften Versuch machen, dem Übel beizukommen, nämlich durch einen Aufenthalt an der Westküste. Selma war die einzige Kranke unter den Reisenden, aber einen Sommer lang Seebäder nehmen, das konnte ja für alle miteinander nur zuträglich sein.

Als Selma auf dem Kutschbock saß, hatte sie ihr Leiden fast vergessen. O wie schön war es doch, so mit Back-Kajsa in die Welt hinauszufahren, besonders da das Kleinste daheimgeblieben war! Nun kamen sicherlich die alten Tage des Glückes wieder, die sie nie vergessen konnte.

Sie schmiegte sich dicht an Back-Kajsa, schlang ihr die Arme um den Hals und fragte sie immer wieder aufs neue, ob sie sich nicht auch sehr freue, daß sie beide nun ungestört zusammen sein würden?

Back-Kajsa gab ihr zwar keine Antwort darauf, aber das kümmerte Selma nicht weiter. Back-Kajsa hatte ja nie zu den redseligen Menschen gehört.

Die große Landstraße nach Karlstadt war damals genau wie heute noch überreich an Hügeln. Da war der krumme Bävikshügel und der Gunnarsbyhügel, der eine halbe Meile lang war, und der steile Aufstieg zu den Sundgårdsbergen, und da war Kleva, der gefährlichste von allen, weil der Weg an einem Abgrund hinführte. Es ging bergauf bergab, als reise man zwischen Himmel und Erde. Leutnant Lagerlöf hatte drei Pferde vor den Wagen spannen lassen, damit die Fahrt leichter vonstatten gehe, aber diese Anordnung war ungewohnt für Kutscher und Gespann.

Wenn etwas die Freude des kleinen Mädchens, Back-Kajsa wieder ganz für sich zu haben, noch erhöhen konnte, so war es diese Fahrt hoch auf dem Kutschbock mit drei widerspenstigen Pferden vor sich, die den schweren Wagen wie ein Spielzeug hinter sich herzogen und ihn um die Kehren schwangen, daß er nur noch auf zwei Rädern stand. Das war eine beständige Abwechslung, und zuweilen standen die Pferde mit steifen Beinen und glitten auf den Flanken den Hügel hinunter; dann wieder, wenn es gar zu steil bergab ging, mußte der Kutscher Magnus von seinem Sitz aufstehen und wie toll die Peitsche gebrauchen, uns die Tiere ins Laufen zu bringen, damit der hohe Wagen sich nicht überschlug.

Mitten in einer solchen herrlichen Hügelfahrt wendete sich die Kleine aufs neue an das Kindermädchen mit der Frage:

»Back-Kajsa, bist du nicht auch froh, daß du wieder mit mir allein bist? Bist du nicht froh, daß das Kind nicht mit ist?«

Aber auch jetzt kam keine Antwort, und als Selma sich verwundert umdrehte, um dem Kindermädchen ins Gesicht zu gucken, sah sie, daß Back-Kajsa aschfahl, mit starren Augen und zusammengepreßtem Mund sich krampfhaft am Kutschbock festhielt.

»Back-Kajsa, bist du nicht froh?« fragte die Kleine. Aber nein, Back-Kajsa war ganz und gar nicht froh, das sah Selma jetzt deutlich, und über diese Entdeckung wäre sie fast in Tränen ausgebrochen.

Doch jetzt gab Back-Kajsa endlich Antwort.

»Sei still, Selma! Man soll nicht sprechen, wenn man mitten in der Gefahr schwebt. So etwas Schreckliches hab' ich noch nie erlebt, und nur um deinetwillen bin ich nicht schon lange ausgestiegen und heimgelaufen.«

Die Kleine saß ganz still und überlegte diese Antwort. Befriedigt war sie nicht. Wenn sie bei Back-Kajsa war, fürchtete sie sich nie. Und sie meinte, dann dürfe Back-Kajsa sich auch nicht fürchten, wenn sie bei ihr sei. Wenn sie nicht ausstieg und heimlief, so war das ja sehr schön; aber noch viel schöner wäre es gewesen, wenn sie sich so gefreut hätte, daß gar keine Furcht in ihr aufgekommen wäre.

In der Kajüte auf dem »Uddeholm«

Die Bewohner von Mårbacka waren noch immer auf der Reise. Aber jetzt saßen sie nicht mehr in der großen Kutsche, sondern nun waren sie an Bord eines schönen Dampfers, der Uddeholm hieß.

Den ganzen Tag hatten sie in Karlstadt mit Verwandtschaftsbesuchen und Einkäufen zugebracht; aber gegen Abend waren sie aus der Stadt hinausgefahren, hatten eine gute Weile auf einer langen Brücke gestanden, die geradeaus in den schönen Wenersee hineinlief, und da gewartet. Back-Kajsa hatte auch gleich wieder Angst bekommen, weil der See in der einen Richtung vollständig ohne Ufer war und es ihr schien, als habe die Welt dort ein Ende. Höchst merkwürdig war das allerdings gewesen, nicht nur für Back-Kajsa, sondern auch für die anderen, als der schöne weiße Dampfer gerade aus dem Uferlosen aufgetaucht und auf die Brücke zugefahren war, um die Familie an Bord zu nehmen.

Als Back-Kajsa den Herrn Leutnant, seine Frau, Mamsell Lovisa und Johann und Anna ohne Zögern über den Landungssteg schreiten sah, da war sie auch mitgegangen. Sie traute dem Leutnant Lagerlöf wohl so viel Gewissen zu, daß er seine kleinen Kinder nicht absichtlich der Todesgefahr aussetzte. Aber wie es gehen sollte, wenn sie an die Stelle kamen, wo die Welt zu Ende war, das begriff sie jedenfalls nicht.

Sie wäre gern auf Deck geblieben, um zu sehen, ob das Wasser geradewegs in einen Abgrund stürze oder wohin es sonst floß; aber sobald es zu dämmern begann, waren die Damen und Kinder von Mårbacka gebeten worden, unter Deck zu gehen. Da waren sie in einen Raum geführt worden, den man eine Kajüte hieß. Das war der kleinste Raum, der ihnen je zu Gesicht gekommen war, und dort hatten sie sich für die Nacht eingerichtet.

Auf einem schmalen Sofa, das die eine Langwand einnahm, lag Frau Lagerlöf ganz angekleidet, und ihr gegenüber auf einem gleichen Sofa lag Mamsell Lovisa. Über Frau Lagerlöf, in einer Art von Regal, war Johann untergebracht, und in einem gleichen Regal über Mamsell Lovisa die kleine Anna. Auf dem Boden zwischen den beiden Sofas lag Back-Kajsa auf einer Wolldecke und neben ihr das kranke Mädchen; damit war aber auch der ganze Raum vollständig ausgefüllt. Kein noch so winziges Plätzchen war mehr übrig, wo man hätte sitzen, liegen oder stehen können.

Man hatte das Licht gelöscht, sich gute Nacht gewünscht

und zum Schlafen niedergelegt; und eine gute Weile war auch alles ruhig und still geblieben.

Aber allmählich fing der Boden, auf dem Back-Kajsa und das Kind lagen, ganz sonderbar an, auf und ab zu schwanken, und die Kleine rollte wie ein Ball erst an Frau Lagerlöfs Sofa und dann wieder zurück zu Back-Kajsa. Das war ein Spaß und tat dem kleinen Mädchen nicht im geringsten weh. Sie konnte nur nicht begreifen, warum der Boden nicht stille hielt.

Nach einer Weile hörte sie, wie ihre Mutter und Tante Lovisa miteinander flüsterten.

»Ich habe wohl zu viel von dem fetten Lachs bei Sjösteds gegessen«, sagte Frau Lagerlöf.

»Ja, ich hielt das gleich für ein sehr unverständiges Essen. Sie wußten doch, daß wir auf den Wener gingen«, versetzte Mamsell Lovisa.

»Ja, der Wener hat seine Tücke«, meinte Frau Lagerlöf mit einem Seufzer.

Auch Back-Kajsa fing an zu flüstern. »Sagen Sie doch, gnädige Frau, sind wir nun da angekommen, wo der See aufhört und das Wasser in den Abgrund stürzt?«

»Meine Liebe, der See nimmt die ganze Nacht noch kein Ende«, antwortete Frau Lagerlöf, die nicht verstand, was das Mädchen meinte.

Es blieb wieder still, aber nicht ruhig. Der Boden schaukelte auf und ab, und die Kleine rollte immer wieder hin und her.

Nun strich Frau Lagerlöf ein Zündholz an und machte Licht. »Ich muß nachsehen, ob die Kinder sich an den Regalen festhalten können«, sagte sie.

»Gottlob, daß du Licht gemacht hast!« rief Tante Lovisa. »Schlafen kann man ja keinesfalls.«

»Ach, gnädige Frau und Mamsell Lovisa, fühlen Sie denn nicht, daß es immer mehr abwärts geht?« jammerte Back-Kajsa. »Ach, wie sollen wir aus solcher Tiefe wieder heraufkommen? Wie können wir jemals wieder heimkommen?«

»Was kann sie wohl meinen?« fragte Mamsell Lovisa ihre Schwägerin.

»Sie sagt, wir seien an der äußersten Grenze angekommen«, antwortete Frau Lagerlöf, die ebensowenig wie Mamsell Lovisa begriffen hatte, was Back-Kajsa meinte.

Wieder lagen alle still, jedes mit seinen Gedanken beschäftigt. Das kleine Mädchen hatte die Empfindung, daß sich die andern fürchteten. Ihr selber ging es ganz ausgezeichnet; sie lag wie in einer großen Wiege.

Aber jetzt faßte jemand nach der Türklinke. Ein roter Vorhang wurde zur Seite geschoben, und Leutnant Lagerlöf stand lachend unter der Tür und schaute in die Kajüte hinein.

»Wie steht's, Gustav? Gibt es Sturm?« fragte Frau Lagerlöf hastig.

»So, ihr seid wach!« sagte Leutnant Lagerlöf. »Ja, der Wind hat ein wenig aufgefrischt«, fuhr er in ruhigem Tone fort. »Der Kapitän meinte, ich sollte einmal heruntergehen und euch sagen, es werde nicht schlimmer, als es jetzt ist.«

»Was hast du im Sinn?« fragte Tante Lovisa. »Willst du dich nicht auch hinlegen?«

»Ja, wo sollte ich denn liegen, Lovischen?« versetzte Leutnant Lagerlöf.

Er hatte eine so gutmütige und treuherzige Art, als er sich jetzt in dieser überfüllten Kajüte nach einem etwaigen Liegeplatz umschaute, daß alle zusammen in helles Gelächter ausbrachen. Frau Lagerlöf und Mamsell Lovisa, die gerade noch so ängstlich und halb seekrank dagelegen hatten, mußten sich aufsetzen, um nach Herzenslust lachen zu können. Johann und Anna lachten oben in ihren Regalen, so daß sie herunterzufallen drohten; Back-Kajsa vergaß, daß sie nun bald an der Stelle sein mußten, wo der See zu Ende war, und lachte mit, und die Kleine neben ihr kugelte sich vor Lachen.

Leutnant Lagerlöf lachte selten, aber er stand seelenvergnügt unter der Tür, denn hinein konnte er ja nicht kommen.

»Na, gefährlich sieht es nicht aus bei euch«, sagte er, als das Lachen sich legte. »Da will ich wieder hinaufgehen und mit dem Kapitän plaudern.«

Damit sagte er gute Nacht und ging seines Weges. In der Kajüte aber kehrte nun die Bangigkeit zurück und mit ihr die Anzeichen von Seekrankheit. Frau Lagerlöf machte wieder vergebliche Versuche, Back-Kajsa zu beruhigen, die fortwährend auf den Augenblick wartete, wo alle in einen Abgrund versinken würden. Das kleine Mädchen aber mußte eingeschlafen sein, denn die weiteren Erlebnisse dieser Nacht kamen ihr nicht mehr zum Bewußtsein.

Theodor Fontane

Modernes Reisen

Eine Plauderei

Zu den Eigentümlichkeiten unserer Zeit gehört das Massen-
reisen. Sonst reisten bevorzugte Individuen, jetzt reist jeder
und jede. Kanzlistenfrauen besuchen einen klimatischen Kur-
ort am Fuße des Kyffhäuser, behäbige Budiker werden in einem Lehnstuhl die Koppe hinaufgetragen, und Mitglieder einer kleinstädtischen Schützengilde lesen bewundernd im
Schlosse zu Reinhardsbrunn, dass Herzog Ernst in fünfund-
zwanzig Jahren 50 157 Stück Wild getötet habe. Sie notieren
sich die imposante Zahl ins Taschenbuch und freuen sich auf
den Tag, wo sie in Muße werden ausrechnen können, wie viel
Stück auf den Tag kommen.

Alle Welt reist. So gewiss in alten Tagen eine Wetter-Un-
terhaltung war, so gewiss ist jetzt eine Reise-Unterhaltung.
»Wo waren Sie in diesem Sommer«, heißt es von Oktober bis
Weihnachten; »wohin werden Sie sich im nächsten Sommer
wenden?« heißt es von Weihnachten bis Ostern; viele Menschen betrachten elf Monate des Jahres nur als eine Vorberei-
tung auf den zwölften, nur als die Leiter, die auf die Höhe des
Daseins führt. *Um* dieses Zwölftels willen wird gelebt, *für* dieses Zwölftel wird gedacht und gedarbt; die Wohnung wird immer enger und die Herrschaft des Schlafsofas immer souverä-
ner, aber »der Juli bringt es wieder ein«. Ein staubgrauer Reise-
anzug schwebt vor der angenehm erregten Phantasie der
Tochter, während die Mutter dem verlegenen Oberhaupt der
Familie zuflüstert: »Vergiss nicht, dass du mir immer noch die
Hochzeitsreise schuldest.« So hofft es und heißt es in vielen
tausend Familien. Wie sich die Kinder auf den Christbaum

freuen, so freuen sich die Erwachsenen auf Mittsommerzeit; die Anzeigen der Saisonbillets werden begieriger gesucht als die Weihnachtsannoncen; elf Monate *muss* man leben, den zwölften *will* man leben. Jede Prosaexistenz sehnt sich danach, alljährlich einmal in poetischer Blüte zu stehen.

Die Mode und die Eitelkeit haben ihren starken Anteil an dieser Erscheinung, aber in den weitaus meisten Fällen liegt ein *Bedürfnis* vor. Was der Schlaf im engen Kreise der vierundzwanzig Stunden ist, das ist das Reisen in dem weiten Kreise der dreihundertundfünfundsechzig Tage. Der moderne Mensch, angestrengter wie er wird, bedarf auch größerer Erholung. *Findet er sie?* Findet er das erhoffte Glück?

Ja und nein, je nachdem wir das eine oder andere unter reisen verstehen. Heißt reisen »einen Sommer*aufenthalt* nehmen«, so ist das Glück nicht nur möglich, sondern bei leidlich normaler Charakterbeschaffenheit sogar wahrscheinlich; heißt reisen aber »dauernde Fortbewegung«, will sagen beständiger Wechsel von Eisenbahnen und Hotels, woran sich Bergerkletterungen und Ähnliches bloß anschließen, so muss man es gut treffen oder sehr bescheiden und sehr geduldig sein, um von seiner Reise *das* zu haben, was man wünscht: Freude, Glück.

In der Tat, es dreht sich alles um den Gegensatz von Sommer*frischler* und Sommer*reisenden*.

Betrachten wir zunächst den Sommerfrischler, den Repräsentanten der guten Reiseseite.

Der kleine Beamte, der Oberlehrer, der Stadtrichter, der Archidiakonus, die sich in ein eben entdecktes Dünendorf begeben, wo ihnen gelegentlich die Aufgabe zufällt, den allerursprünglichsten Strandhafer abzuwohnen, diese alle können, wenn sie mit Sack und Pack und ausgerüstet wie eine Auswandererfamilie in ihrer Fischerhütte einziehn, unter Segeltuch und ausgespannten Netzen ein höchst glückliches Dasein führen. Sie werden, ehe die Biederherzigkeit der alten Teerjacke, die erfahrungsgemäß höchstens drei Sommer aushält, in Gewinnsucht untergeht, für ein Billiges leben und die unvermeidlichen Ausgaben der eigentlichen Reise, der Lokomotion als solcher, durch andauernden Blaubeeren- und Flundergenuss wieder balancieren können; die Kinder werden primitive Hafenanlagen im Sande machen und die erwachsenen Töchter Muscheln und Bernstein suchen; unsagbar alte Garderobenstücke werden aufgetragen, Reminiszenzen an Cooper und Marryat neu belebt, vor allem auch Abmachungen auf Lieferung von Spickaal und Sprotten getroffen werden. Im Ganzen wird man dankbar und wohlbefriedigt in die Heimat zurückkehren, gefestigt in allem Guten und gewachsen in der Kraft, die uns jede intimere Berührung mit der Natur zu geben pflegt. Nur vereinzelt unangenehme Eindrücke und Erfahrungen werden den Frieden einer solchen Sommerfrische gestört haben, und der endliche Reiseüberschlag wird ergeben, dass man sich diese Erholung ohne nachträgliche Gewissensbisse wohl gönnen durfte. »Die Extrafahrt nach Putbus war zwar teuer, aber bedenken wir auch, es ist eine Erinnerung fürs Leben.«

So oder ähnlich wird es vielerorten heißen, und wenn ich Umschau halte, will es mir erscheinen, dass sich solche, in der Bescheidenheit ihrer Ansprüche Befriedigten immer noch zu Tausenden finden müssen, nicht bloß an der Ostseeküste hin, auch in Schlesien, am Oberharz und in den Tälern und Bergkesseln des Thüringer Waldes. Aber *alle* freilich, wie ich wiederholen muss, werden dieses ungetrübten Glückes nur teilhaftig geworden sein, wenn sie während ihrer Reisezeit sich damit begnügten, in gewissem Sinne zu den *Halb*nomaden zu zählen, mit anderen Worten, wenn sie vier Wochen lang auf ein und derselben Gebirgs- oder Strandoase aushielten.

So viel über den Sommer*frischler*, einen »Glücklichen«.

Aber sehr anders, wie schon angedeutet, liegt es bei dem Sommer*reisenden*, der, wenn nicht beständig, so doch vielfach unterwegs, immer in der Gefahr schwebt, seine Lagerstätte wechseln zu müssen. Es ist nicht zu leugnen, das Glück des mehr oder weniger sesshaften »Frischlers« ist für den eigentlichen Reisenden, für den Tag um Tag seine Weideplätze wechselnden Vollnomaden nicht da. Keine wirkliche Wüstenfahrt, was sonst immer ihre Schrecken sein mögen, kann verdrießlicher und räuberumschwärmter sein. Auch in Sachen der Fata Morgana hat der eigentliche Tourist zu leiden wie nur je ein Wüstenfahrer. Immer neue Hotelschlösser tauchen verheißungsvoll am Horizonte vor ihm auf, aber der Moment der Erreichung ist auch jedes Mal ein Moment der Enttäuschung für ihn. Er findet Kühle, nicht Kühlung.

Ist das alles ein Unvermeidliches?

Nein. Nichts davon, dass man es nicht anders gewollt, dass man ja das Recht gehabt habe, ruhig zu Hause zu bleiben, und dass jeder, der sich leichtsinnig in Gefahr begäbe, nicht erstaunt sein dürfe, darin umzukommen. Dies alles ist nicht nur falsch, es ist auch hart und grausam, denn die Reisebenötigung, die bestritten werden soll, ist wirklich da. So gewiss für den Durstverschmachteten ein Zwang da ist zu trinken, so gewiss ist auch für den staub- und arbeitsvertrockneten Residenzler ein Zwang da nach einem Trunke frischer Luft, und wer ihm diesen Trunk verbittert und verteuert, der tut viel Schlimmeres als die Brauwirte, die dem Volke das Bier verteuern. Und doch geschieht es. Ja, die traurige Erscheinung tritt ein, dass mit dem Wachsen des Bedürfnisses auch die Unmöglichkeit wächst, dieses Bedürfnis zu befriedigen. Der vorhandene Notstand, statt die Frage anzuregen: wie heben wir ihn? regt nur die Frage an: *wie beuten wir ihn aus!* Der Reisedrang, je allgemeiner er geworden ist, hat nicht Willfährigkeit und Entgegenkommen, sondern das Gegenteil davon erzeugt. Vielfach reine Wegelagerei. *Wirte, Mietskutscher* und *Führer* überbieten sich in Gewinnsucht und Rücksichtslosigkeit, und wer – im Gegensatz zu den vorgeschilderten, relativ sesshaften Reisenden – sein Reiseglück auf *diese* drei Karten gestellt hat, der wird freilich wohltun, mit niedrigsten Erwartungen in die Situation einzutreten.

War es immer so? Mitnichten. Wie ganz anders erwiesen sich die Wirte vergangener Tage! Nur noch Einzelexemplare kommen vor, an denen sich die Tugenden eines ausgestorbenen Geschlechts studieren lassen. Wer sie voll erkennen will, der lese die englischen Romane des vorigen Jahrhunderts. Auch noch in W. Scott finden sich solche Gestalten. Es gab nichts Liebenswürdigeres als solchen englischen Landlord, der in heiterer Würde seine Gäste auf dem Vorflur begrüßte und mit der Miene eines fürstlichen Menschenfreundes seine Weisungen gab. Er vertrat jeden Augenblick die Ehre seines Standes. Er war nicht dazu da, um in den drei Reisemonaten reich zu werden, still und allmählich sah er sein Vermögen wachsen und gab dem Sohne ein Eigentum, das er selbst einst vom Vater empfangen hatte. Er waltete seines Amts aus gutem Herzen und guter Gewohnheit. Er war wie ein Patriarch; sein Gasthaus eine Zufluchtsstätte, ein Hospiz.

Auch in Deutschland gab es solche Gestalten, wenn auch vereinzelter, und ich entsinne mich selbst noch, wenn ich Ende der zwanziger Jahre die damals viertägige Reise von der pommerschen Küste bis in meine Ruppin'sche Heimat machte, an solchen Wirtstafeln, namentlich in den mecklenburgischen Städten, gesessen zu haben. Eine geräuschlose Feierlichkeit herrschte vor, der Wirt gab nur den Anstoß zur Unterhaltung, dann schwieg er und belauschte klugen Auges die Wünsche jedes Einzelnen. Kam dann die Abreise, so mussten seine verbindlichen Formen den Glauben erwecken, man habe seinem Hause eine besondere Ehre erwiesen. Damals war jede Mittagsrast ein Vergnügen, jedes Nachtlager ein wohltuendes, von einer gewissen Poesie getragenes Ereignis. Ich denke noch mit Freuden an diese Ideal- und Idyllzeit des Reisens zurück.

Wie sind jetzt die Hotelerlebnisse des kleinen Reisenden! Ich antworte mit einer Schilderung, bei der ich (vielleicht leider) Persönliches in den Vordergrund treten lasse. Persönliches und mit ihm das bis hierher nach Möglichkeit zurückgehaltene Ich.

Der Zug hält. Es ist sieben Uhr abends. Jenseits des Schienenstranges steht die übliche Wagenburg von Omnibussen, Kremsern und Fiakern; Hotelkommissionäre, Fremdenführer, Kutscher machen die bekannte Sturmattacke, allen vorauf ein zehnjähriger Junge, der sich mit unheimlicher Geschicklichkeit der kleinen Reisetasche zu bemächtigen trachtet. Alles wird siegreich von mir abgeschlagen, aber nicht zu meinem Heil. Es empfiehlt sich nicht, zu Fuß zu kommen und die bekannten Fragen zu stellen. Ein mitteleleganter Oberkellner ritt, als ich in das Hotel eintrat, bereits auf seinem Drehschemel. »Kann ich ein Zimmer haben?« »Ich werde fragen.« Er frug aber nicht, schritt vielmehr gleich danach mit dem bekannten Silberblechleuchter die Treppe hinauf, mich der Mitteilung würdigend, »dass No. 7 soeben frei geworden sei«. Diese Mitteilung schien sich bestätigen zu sollen, denn beim Eintritt in die besagte Nummer fanden wir eine Magd bei dem herkömmlichen, in drei Akten: ausgießen, eingießen und überziehen sich vollziehenden Zimmerreinigungsprozess vor. Ich war nicht begierig, Zeuge dieser Einzelheiten zu sein, und zog mich deshalb lieber in den parterregelegenen Speisesaal zurück, um hier bei Beefsteak, Kulmbacher und den »Fliegenden Blättern« nicht gerade Mitternacht, aber doch die zehnte Stunde heranzuwachen. Endlich war sie da; noch ein Sodawasser mit Cognac, und ich stieg wieder in meine nach dem Hof zu gelegene Stube hinauf, an deren niedriger Decke sich ein überklebter Balken hinzog. Oben angekommen, war mein Erstes, eins der beiden Fenster zu öffnen, da mich die eigentümliche Stubenatmosphäre mehr und mehr zu bedrücken begann. Es schien auch zu helfen. Und nun schob ich mich, müde wie ich war, unter das Betttuch.

Ich mochte eine Viertelstunde geschlafen haben, als das Hinausfliegen mehrerer Stiefelpaare auf den Korridor und das Angespanntwerden eines Hotelomnibus (gleich nach ein Uhr kam ein neuer Zug) mich aus tiefem Schlafe weckten. Zugleich empfand ich einen dumpfen Kopfschmerz, über dessen Ursache ich nicht lange in Zweifel bleiben sollte. Die »frische Nachtluft«, die ich, um der stickigen Stubenatmosphäre willen, einzulassen bemüht gewesen war, stieg leider nicht aus Himmelshöhen zu mir nieder, sondern aus Hofestiefen zu mir herauf und war ein Brodem, wie ihn jeder aus Erfahrung kennt, der, um etliche Jahrzehnte zurück, noch im *alten* Münchener Hofbräu seinen Krug getrunken hat. Nur hatt' ich hier die höhere Potenz.

Und an dieser Stelle mag ein kleiner Exkurs gestattet sein! Daheim an den Ufern unserer guten Spree gehört es zum guten Ton, über unsere Berliner Luft zu skandalisieren, und es soll unbestritten bleiben, sie könnte besser sein. Aber was will die durchschnittliche Berliner Hausatmosphäre im Vergleich zu dem Dunstkreise sagen, der in den meisten Hotels und Nichthotels Sachsen-Thüringens heimisch ist. Die Berliner Luft, auch wo sie am schlimmsten auftritt, ist ein Parvenu wie die Stadt selbst, jung, ohne Geschichte, ohne infernale Vertiefung. So schlecht sie sein mag, sie ist einfach, unkompliziert, sozusagen frisch von der Quelle weg. Wie anders dagegen die Hausatmosphäre in den Frühkulturgegenden Mitteldeutschlands! Altehrwürdig tritt sie auf, und man kann ohne Übertreibung sagen: die Jahrhunderte haben an ihr gebraut. Sie ist *geworden*, vor allem sie ist undefinierbar, und wie man vom Kölnischen Wasser gesagt hat, das Geheimnis seiner Schöne läge in der *Lagerung*, so dass schließlich die Mannigfaltigkeit in einer höheren Einheit unterginge, so auch *hier*. Nur haben wir hier den Revers der Medaille.

Was aus Hofestiefen in mein Zimmer einströmte, gewann mehr und mehr an Gehalt, so dass ich als nächstes Rettungsmittel das Fenster schloss. Aber die Geister, die ich gerufen hatte, waren so schnell nicht wieder zu bannen. Sie waren *mit* mir, *um* mich und schienen wenig geneigt, sich so ohne weiteres austilgen zu lassen. Alle kleineren Mittel scheiterten; da kam mir der Gedanke, den Teufel durch Beelzebub auszutreiben. Ich steckte die »Bougies« an, ließ diese brennen, bis sich eine Schnuppe gebildet hatte, und blies sie dann aus. Nachdem ich dies Verfahren dreimal wiederholt hatte, hatte ich eine Art grönländische Hüttenatmosphäre hergestellt, in deren Rauch und Qualm die »Frische der Nachtluft« endlich glücklich unterging.

Der nächste Morgen sah mich ziemlich spät an der Frühstückstafel. Der Wirt stand abwechselnd hinter und neben meinem Stuhl, was ich anfänglich geneigt war, als eine Auszeichnung anzusehen, bis ich gewahr wurde, dass die wirklichen Gegenstände seiner Aufmerksamkeit mir gegenüber saßen: eine kinder- und kofferreiche Familie, die den Abend vorher und beinah gleichzeitig mit mir eingetroffen war. Der Koffer, zumal der im Plural auftretende, gibt den Ausschlag, und der mitteldeutsche mittlere Hotelwirt (in den besseren Häusern ist es besser) bemisst nach ihm das Maß seiner Gnaden, ohne sich auf irgendein anderes Kriterium einzulassen. Und wie der Herr, so die Diener. Nur im Moment der Zahlung rücken die Kleinen sofort in die Rechte der Großen ein, und während bis dahin alles, was ihnen geleistet wurde, auf der Höhe eines Maulwurfshügels stand, tritt jetzt die Rechnungsforderung wie ein Finsteraarhorn an sie heran. Und in diesem Vergleich ist der ganze, auf die Dauer unerträgliche Zustand gekennzeichnet! Was in allem waltet, ist ein kolossales *Missverhältnis*; weder der Ton, der herrscht, noch der Wert dessen, was geboten wird, entspricht dem Preise, der gezahlt werden soll. Über den einzelnen Fall wär' es unschwer hinwegzukommen, aber die Fülle der

Einzelfälle erzeugt schließlich einen Groll, der fast mehr noch in der Unbill, der man sich ausgesetzt fühlt, als in den direkten Einbußen seine Wurzel hat. Ein Gefühl von Ungehörigkeit, und zwar nicht bloß in Geldsachen, begleitet den Reisenden von Stunde zu Stunde und bringt ihn recht eigentlich um den Zweck seiner und jeder Reise, um die Glättung und Ruhigmachung seines Gemüts. Er will den Vibrierungen entfliehen und zittert häufiger als daheim. Ärger hängt sich an Ärger, und der nach nervenstillendem Ozon verlangende Körper findet jene vorbeschriebene »frische Nachtluft«, die ihn bis an den Rand des Typhus bringt. Die Prätensionen und die Preise richten sich womöglich nach dem Clarendonhotel in London, während doch der alte Herbergscharakter immer noch umgeht und sich wie Banquo, die Gäste schreckend, mit zu Tische setzt.

Auf die eine oder andere Weise muss hier Wandel geschafft, müssen die *Leistungen höher* oder die *Preise niedriger* werden. Das Letztere wäre das Bessere und ein wahrer Segen. Weg mit dem abgetretenen, lächerlichen Teppichfetzen, weg mit der tabaksverqualmten Goldtapete, weg mit dem schäbigen Plüschsofa und der türkisch geblümten Steppdecke, deren bunte Dunkelfarbe jede Möglichkeit zulässt, vor allem weg mit dem großen Reisetyrannen, dem *Table-d'hôte's-Unsinn*, weg mit den sieben Gängen, die bis zum letzten Bissen nichts repräsentieren als einen Wettlauf zwischen Hungrigbleiben und Langerweile. Denn wer wäre je an Leib gesättigt und an Seele erfrischt von diesem Zweistunden-Martyrium aufgestanden! Statt dieses elenden Plunders eine gut ventilierte Stube, ein Stuhl und ein Tisch, eine Matratze und eine wollene Zudecke; vor allem die Freiheit, essen zu können, *was* man will, und *wann* man will. Die Herren Wirte sind des Publikums willen da, nicht das Publikum der Wirte willen. Aber überall verkehrt sich der natürliche Lauf der Dinge, und gegen die Verkehrtheit ankämpfende Gemeinplätze werden wieder zu Weisheitsregeln.

Erich Kästner

Fahrten ins Blaue

Erfahrungen sind dazu da, dass man sie macht. Ob man dadurch, wie der Volksmund behauptet, klug wird, steht auf einem anderen Blatt. Dafür, dass Millionen Menschen Tag für Tag Erfahrungen sammeln, gibt es, an unserem Sprichworte gemessen, zwei Milliarden kluge Leute zu wenig, und das sollte zu denken geben.

Eine Unterabteilung der Erfahrungen, die man macht, ohne daraus zu lernen, sind die Wünsche, die in Erfüllung gehen. Wem wäre, so mäkelig in eigner Sache er auch sein mag, nicht schon das eine oder andre Mal ein Wunsch in Erfüllung gegangen! Gab er deshalb die Wünscherei auf? Nein. Und wenn er sich, falls er eine Märchenfigur ist, sogar drei Wünsche gestatten darf – wird er von Wunsch zu Wunsch klüger? Nein.

Man kennt Ausnahmen. Im Märchen und im Leben. Frau Grosche zum Beispiel. Übrigens nicht aus einem Märchen, sondern aus Weixdorf, einem reizenden Seeflecken bei Dresden. Frau Grosche lernte tatsächlich aus der (allerdings recht verqueren) Erfüllung eines Wunsches, und das wollen wir ihr nicht vergessen. Die Geschichte passierte vor rund zwanzig Jahren, und somit bleibt ungeklärt, ob es derartig belehrbare Mitmenschen auch heute noch gibt. Ich habe Freunde, die es bezweifeln.

In Dresden existierte also, früher einmal, eine halbamtliche Einrichtung, die sich »Fahrten ins Blaue« nannte und, besonders bei den kleinbürgerlichen Hausfrauen, sehr beliebt war. Man fand sich, mittwochs und samstags nach dem Mittagessen, am Stübelplatz ein, wo mehrere leere Omnibusse warteten, zahlte ein paar Mark und erwarb sich damit das Anrecht, an einem Ausfluge teilzunehmen, dessen Ziel »unbekannt« war. An einem von den Schaffnern bis zuletzt geheim gehaltenen Endpunkte, irgendeinem der zahlreichen ländlichen Juwele der Umgebung, wurden Kaffee und Kuchen angeboten. Und abends trafen die Frauen, von dem kleinen vorgespielten Abenteuer aufs angenehmste unterhalten und ermüdet, wieder bei ihren aufs Abendbrot und den Reisebericht wartenden Familien ein.

So geschah es, eines schönen Mittwochs früh, dass Frau Grosche, übrigens die Wirtin eines hübschen Gartenrestaurants, zu ihrem Manne sagte: »Das ganze Jahr komme ich nicht aus dem Haus. Man gönnt sich nichts. Habe ich deshalb geheiratet? Nein, mein Lieber! Weißt du was? Ich werde heute eine ›Fahrt ins Blaue‹ mitmachen!«

»Meinetwegen!«, antwortete der Gatte. »Amüsier dich gut!«

Sie benutzte den Vorortzug nach Dresden, stieg am Neustädter Bahnhof in die Straßenbahnlinie 6 und erklomm, am Stübelplatz angelangt, einen der wartenden Omnibusse. Die Fahrt ins Abenteuer begann pünktlich und nahm für alle den normal überraschenden Verlauf. Nur nicht für Frau Grosche. Ihre Überraschung war anderer Natur.

Haben Sie es schon erraten? Ja? Genau so kam es! Das sorgfältig verschwiegene Reiseziel war an diesem Mittwoch ausgerechnet der ländliche Gasthof, dessen Wirtin Frau Grosche war und den sie am Morgen mit der festen Absicht verlassen hatte, endlich etwas Funkelnagelneues zu erleben!

»Gut, dass du kommst!«, rief ihr Mann, der den Quark- und den Streuselkuchen eifrig in Streifen schnitt. »Binde dir schnell 'ne frische Schürze um, und hilf mir beim Servieren!« Sie band sich eine frische Schürze um und belud ein Tablett mit Kaffeegeschirr und selbstgebackenem Kuchen. Als sie es anhob, um es in den Garten zu tragen, wo ihre Reisegefährten in der Son-

ne saßen, sagte sie, und dies spricht für ihre überdurchschnitt-
liche Fähigkeit, aus Erfahrungen zu lernen: »Das nächste Mal
bleib ich *gleich* hier!«

Kurt Tucholsky

Wandertage in Südfrankreich

Daß man den lieben Herrgott um seine Jahreszeiten betrügen kann –!

Bestimmt schickt jetzt in Berlin Herr Prokurist Protzekuchen zum Wirt hinunter und läßt fragen: wann er denn nun endlich und ob er denn nun nicht endlich zu heizen gedächte – es sei immerhin November! Hier, vor Toulon, ist es Sommer.

Allerdings eine eigene Art von Sommer. Die Sonne scheint den ganzen Tag schräg, und am Nachmittag gegen fünf Uhr gibt sie es auf, dann wird es lila, dann hellblau, dann dunkelblau – und dann ist es aus. Aber am Vormittag brät man auf dem kleinen Strändchen, das die zwei Inseln miteinander verbindet, und spielt: Badeleben. Ich und noch fünf andere.

Das hier heißt Les Sablettes und liegt vor Toulon, wo die großen, grauen Kriegsschiffe liegen. Toulon, wo Farrères ›Petites Alliées‹ spielen, dieses amüsante Buch von den Schiffsoffizieren und ihren kleinen Freundinnen, Toulon ist eine freundliche Stadt mit ein paar wunderschönen alten und krummen Gassen, einem winzigen, überdachten Fischmarkt, Kirchen, in Häuser eingemummelt ... Auch die alte Stadtmauer ist noch da, nur ist die Stadt – wie alle alten Städte – aus den Fortifikationen herausgequollen, weil sie ihr zu eng geworden sind. Aber wir drehen Toulon den ganzen Tag über den Rücken – denn was ist Toulon gegen diese Sonne!

Sie wärmt. Sie strahlt. Sie vergoldet die Bucht und macht das Wasser blau, weil sich der Himmel darin spiegelt, der rein ist von Wolken. Lange habe ich nach einem solchen stillen Ort gesucht. Die tripots an der Mittelländischen Küste, wo sie am feinsten ist, sind noch leer; und ich habe noch nicht heraus, was mir unangenehmer ist: Nizza, wenn es voll ist, oder

Cannes, wenn es leer ist. Westlich davon war Sanary-sur-Mer und Bendol – kleine Nester, aber sie waren nicht das richtige. Diese ganze Küste hat nur einen Fehler: längs des Meeres führt die große Automobilstraße von Marseille bis nach Nizza, und aus ists mit Ruhe, Abgeschiedenheit und Stille, die nichts hören und nichts sehen und nichts riechen will. Hier in Les Sablettes liegt der Strand, durch die Badeanstalt und die Mauern des Parks abgetrennt von der Straße; sie wird noch nicht allzu oft befahren.

Überall lungern Hunde herum und Katzen. Es sind sehr feine Herrschaften dabei. In Sanary lag ein Hund quer über die Straße gestreckt, offenbar der pensionierte Angestellte einer Schlächterei. Er stand nicht einmal auf, als das Postauto herangebummert kam – er sah kaum auf. Der Chauffeur fuhr auch brav um ihn herum. (Was folgt daraus über das Verhältnis romanischer Völker zu den Haustieren sowie … Gar nichts.)

In Les Sablettes muß einmal etwas anderes gewesen sein als ein Hotel. Eine Tür steht halb auf, unter der Lackschicht lese ich im Sonnenlicht: Chef Médecin. Ein Hospital? Ein Hospital im Kriege. Draußen, auf der Terrasse, da, wo der warme Wind über die Palmen streicht, die man gepflanzt hat, und über die Bäume, die dort wachsen, da haben sie gelegen, die Rekonvaleszenten: Lagerstatt an Lagerstatt. Engländer. Als Soldaten verkleidete Engländer. Nach einem Fußballspiel um Menschenköpfe.

Und eines Morgens, als ich an den kleinen Strand hinuntergehe, ist die Bucht und das Meer und der Strand und der ganze Tag verzaubert. Der Mistral weht. Er hat den Himmel reingefegt, silberne Konturen gesetzt, vielleicht wirbelt er weiter drinnen im Lande die Staubwolken zusammen – hier ist die Luft glasklar, das Ferne ist nah, alle Häuser am Meer leuchten, der Wind ist Champagner, eine Art frischer Wärme, die Natur aus flammend blauem Stahl. Die Lungen atmen tief.

Manchmal zieht am Horizont ein großes Schiff vorbei auf seiner Seeroute von Marseille nach dem Suezkanal, nach China – das gibt dann für die alte Engländerin am Nebentisch unerschöpfliche Gesprächsthemen. Sie ist ganz aufgeregt über das Schiff, überhaupt über Schiffe, sie kürzt sogar ihr ewiges Wettergespräch aus dem großen Plötz um einige Feuchtigkeitsgrade ab. Sie spricht eine Art Französisch … aber es hilft alles nichts – es ist ja doch Englisch. Ja, gnädige Frau, es ist ein großes Schiff! Nein, gnädige Frau, heute werden die Passagiere keine stürmische Fahrt haben. Augenscheinlich: … gewiß, gnädige Frau …!

Untrügliches Merkmal für gute Erholung: die Tage fangen an zu laufen. Ein ängstlicher Blick auf den Kalender sagt jeden Tag: Es ist Zeit! Es ist hohe Zeit! Die Provence wartet und die ›Weltbühne‹ auch. Aber noch einen Tag – noch einen einzigen – und noch einen – es ist zu heiter und sonnig und warm.

Zwischen Les Sablettes und Toulon liegt La Seyne, ein kleiner Hafenort. Sein Häfchen sieht aus wie ein Enkel von Marseille – auch hier die kleinen Häuschen, die unmittelbar um das Hafenbassin herumstehen, ganz nahe. Am Sonntag spielen alle Männer Boules; wie die Spielregeln sind, weiß ich nicht – aber es scheint Haupterfordernis zu sein, daß man sich dazu wie beim Kegeln die Jacke auszieht. Und alle haben so weiße Hemdsärmel. (Das kommt daher, weil das Spiel hauptsächlich sonntags gespielt wird.) Wie beim deutschen Kegeln? Aber ich sehe an keiner Stelle, daß dabei getrunken wird. Neulich haben sie versucht, die Boules in einen richtigen Sport zu verwandeln. Turnier, Preise, Schiedsgericht, Zeitschriften, ›Wie man ein Champion der Boules wird‹ … Für diesen Stumpfsinn ist das Spiel sicherlich zu schade; fällt es erst einmal dem Sport in die Finger, so hört es auf, ein Sonntagsspiel zu sein. Es wird sich dann mehr um ›Spitzenleistungen‹ handeln. Weil aber diese Südfranzosen gar nicht so große Sehn-

sucht haben, sich in tausend Organisationen und Gruppen zu-
sammenzuschließen, bei denen der gesellschaftliche Vorgang
des Zusammenschlusses mit seinen Komplikationen die
Hauptsache und der Stoff Nebensache ist, und weil sie ihre
kleine Sehnsucht danach anderswo befriedigen, wird es wohl
so bald keinen ›Boules-Sport‹ geben.

Ist es schon Herbst –? Die Luft sagt: Nein. Aber eine Partie
Bäume ist da, die feiert, weil sie orthodox ist und nicht von der
südlichen Gegend, Herbst: ihr helles Braun und flammendes
Gelb stehen gegen den leuchtend blauen Himmel. Ewig
stumpfgrün, stehen die silbrigen Olivenbäume dabei und spielen den Herbst nicht mit. Es ist Sommer. Mitten im November
ist Sommer! Man kann also um den Herbst herumkommen.
Das ist keine ›Entdeckung‹. Was könnte man denn auch heute
noch auf der weiten Welt entdecken? Aber so scharf habe ich
noch nie gewußt, daß man sich warme Jahreszeiten kaufen
kann. Gletscher im heißen Sommer und warme Küsten im
Herbst und weiche Luft im Winter – wem gehören die –?

Aber nun jagt mir der Kalender einen Schreck ein, und ich
fahre ab.

Die große Eisenbahnlinie an der französischen Südküste hat
streckenweise einen kleinen Konkurrenten – dieser Konkur-
rent fährt von Toulon aus näher am Wasser entlang. Hin zu
ihr! Die Bahn ruckelt davon.

Die Küste wird immer schöner, je weiter man ostwärts
kommt. In geschwungenem Bogen schäumt das blaue Wasser
um bebuschte Felsen, um kahle Steine, in flache Buchten. Einmal weht der Wind vom Lande her, er rauht die glatte Wasserfläche auf, daß sie stäubt – die Wellen sind ganz klein, Embryo-
wellchen …

St. Tropez steht auf allen Karten als Winterkurort aufge-
malt. Bei aller Liebe – aber dann schon lieber Neuruppin! Es ist

dunkel, als ich ankomme – der Wind durchheult den Ort, stößt sich an den Häuserkanten wund und heult noch mehr … Dunkel sind die Gassen, ein Betrunkener durchschimpft sie, aus einem braunen Hause hört man einen Zank … Die Laternen brennen trübe. Am Hafen liegt ein Gewirr von Tauen und Segelleinewand, überall drücken sich Männer herum, es ist schmutzig und dürftig.

Am Morgen sieht es schon besser aus. Vor der kleinen Stadt liegt auf einem Hügel die alte Zitadelle – jetzt erholen sich dort skrofulöse Kinder. Ich klettere die Anhöhe hinauf. Ringmauer, Festungstor und dicke Wälle – dahinter bleiche Kindergesichter, dünne Ärmchen, ein kleines Mädchen auf Krücken. Sie zeigen mir den Hof und die ganze Befestigung. Sie warten, daß ich aus dem Hof hinausgehe – da gibt es doch nichts zu sehen. Ich kann mich nicht losreißen. Welches Wunder, immer wieder: Burg- und Klosterhof! Wie die Wände einschließen und zurückwerfen! Wie man immer wieder sich und seine Welt vor Augen hat! Wie geschlossen alles ist! Hier kann man nachdenken; hier ist man geborgen, hat Distanz zu den andern, die draußen sind und nicht hereinkommen dürfen. Oben leuchtet der Himmel in die Hofstille. Und ganz oben auf der Plattform, wo die dicken Türme stehen, hat man einen Rundblick über Meer und Land. Drüben liegt Sainte-Maxime.

Das ist ein ander Ding. Durch die Berge vor dem Mistral sanft geschützt, sehr sauber und adrett und freundlich. Unten am Hafen ein kleiner Quai mit überdachten Gaststätten und Segelbooten, die im Wasser schwanken.

Auch hier ist noch Sommer, tagsüber strahlender, warmer, im Winde nadelduftender Sommer. Es ist wenig Laubwald da – der Wald liegt hoch – immer sieht man das Meer. Unten wohnt Victor Margueritte, der Mann der ›Garçonne‹ – wir erzählen uns etwas, und er zeigt mir sein ganzes Besitztum: vom Strand aus reichts bis oben zu einer kleinen Anhöhe, wo er sich ein winziges Belvedere, eine neue Ruine, gebaut hat. Ich bekomme Nußwein zu trinken und seine Frau zeigt eine Übersetzung von Rilkes ›Malte Laurids Brigge‹, die sie zärtlich liebt. Er spricht über Deutschland. Auf seinem Arbeitstisch liegen die historischen Quellenwerke des deutschen Zusammenbruchs, Material für ein neues Buch, ›Les Criminels‹ wird das heißen. Er ist voll guten Glaubens, hofft zuversichtlich auf die deutsche Demokratie und zeigt sich als ein Mann von umfassender Bildung und Geschmack. Um ihn herum stehen und hängen gute Sachen: auch ein paar lustige bunte Bilder von Kießling, der im Sommer drüben in St. Tropez malt.

Heute ist Sonntag, es muß etwas geschehen. Es geschieht, daß ich unten am Quaiwasser in dem kleinen Restaurant esse. Die Sonne brennt auf das buntgestreifte Dach, die kleinen Hunde bellen herum und betteln, manche Leute sitzen an Tischen mitten auf dem freien Platz unter den Palmen, alle sind beim Kaffee, munter-träge. Manchmal fährt ein Automobil vorbei und lädt ein Rudel lärmender und lachender Menschen ab. Es ist so warm, beinahe heiß … Hautes Sauternes ist ein schwerer Wein, wenn man ihn mittags trinkt. Man wird müde danach. Ans Klavier des Saales drinnen im Haus hat sich ein junger hübscher Bursch gesetzt, im gestreiften Hemd der Cowboys, mit aufgekrempelten Ärmeln. Er spielt nicht laut. Er spielt, was man weder von ihm noch hier erwarten sollte: ganz moderne Musik. Puccini wirkt in der Melange wie ein Gassenhauer. Er holt aus dem alten Restaurationskasten, auf dem nachmittags eine Jazzband rackert, die gleitenden Nuancen der neuen Musiker heraus, keine Melodie, kaum Ansätze dazu. Wie kompliziert diese Freude ist! Aber diese Musik ist wahrer als Waldesrauschen und Symphonieroutine. Die Töne plätschern über den kleinen Platz, ein paar Leute klatschen gedämpft. Der junge Mann lächelt und spielt weiter, für sich allein. Alles ist getaucht in Musik, Sonne und eine mittägliche Schläfrigkeit.

Sonnig sind die Tage und so schön – wie mag das in den Bergen aussehen?

Plan-la-Tour liegt ein paar Kilometer entfernt vom Meer – das ist der erste Ort, den ich durchwandere. Es ist Montag, gestern war Totensonntag, alle Arbeiter machen noch einen so, wie soll ich sagen, ergriffenen Eindruck. Die Wirtin hat auch kaum etwas zu essen, aber dreihunderttausend Fliegen und alle minderbemittelten Hunde des Dorfes zu Gast. Wir essen, Fliegen, Hunde und ich, essen alle eine Kleinigkeit, ich bezahle, und dann geht es in die Berge. Oben auf den Höhen läuft ein Weg, an dem noch gebaut wird. Erst ist er glatt und fahrbar, dann nur gangbar, dann wird er steinig und steiniger, holprig und mündet schließlich in die Holzpantinen der Arbeiter, die da hacken, man muß durch Geröll und Steinbrocken hindurch. Die Sonne sticht. Ich bleibe stehen und sehe mich um.

Da liegen die Täler. Menschenleer, kein Dorf ist zu sehen, manchmal ein Gehöft. Und endlich, endlich ist hier das, was ich so lange und so vergeblich gesucht habe: Stille. Hier ist es still. Die Uhr hört man ticken. Wohlig lassen die Nerven nach und entspannen sich. Welche Wohltat! Wie hatte neulich Willibald Krains kleiner Proletarierjunge im Walde der Ferienkolonie gesagt? »Ach, Frollein, hier riecht et so scheen – nach jahnischt!« Glück, sagt schon der Weise, ist etwas Negatives. Vollkommene Stille ringsum. Und ich bin so glücklich-dankbar für das, was nicht da ist.

Und denke so im Weitergehen nach: Was haben sie mit uns in den letzten zehn Jahren gemacht! Wie zerrauft! Wie ausgeschlossen von aller Welt! Wie zerprügelt! Wie abgestumpft! Und wofür –? Alles, damit am Wannsee und in Dahlem neue Herren einziehen konnten, wahre Gewinner des Mordes, Plusmacher ans einem allgemeinen Defizit … Es ist nicht schön, zurückzublicken – aber vergessen ist so schwer. Und es ist sehr, sehr schwer, sich wieder in den Zustand des alten

Glücks einzufühlen, wenn man einmal den Boden unter sich hat schwanken fühlen. Es ist da etwas geschehen, was nicht mehr ausgelöscht werden kann, für uns wenigstens nicht. Die Welt hat übrigens schon vergessen.

Sacht geht der Weg hinab. Und während ich so ausschreite, singe ich laut und kräftig unsere guten alten deutschen Marsch- und Wanderlieder, und die französischen Kiefern und Tannen bewegen erstaunt die Köpfe, haben sie doch noch nie so markige … Nein, das ist aus einem Leitfaden für einen Reichswehrunterricht. Oder aus einem republikanischen Lesebuch.

In La Garde-Freinet haben sie offenbar die ganze Stadt in Salz verzaubert. Die Fensterläden sind alle zugeklebt, die Straßen sind leer, meine Tritte klappen. Vor mir wackelt ein Hund, ein runder, fetter, mit langen Wollfäden bekleideter Hund, ein Prachtexemplar von einem Hund. Es ist ein älterer Herr, vom Leben gereift und zu gar keinen Späßen mehr aufgelegt. Er geht so fürbaß, dreht nicht einmal den Kopf, als ich ihm einen guten Tag wünsche. Er wünscht dergleichen nicht. Der würdige Greis stellt sich schließlich vor eine Haustür und bellt. Total heiser, um drei Töne zu tief und im letzten Winkel seiner Magengrube um irgend etwas tief gekränkt und schwer beleidigt. Dann rollt er ins Haus.

Bewohner hat diese Stadt nicht. Aber ein Automobil kann man mieten. Eine halbe Stunde später trudelt der alte Wagen (Ford Nummer 1) aus dem Städtchen, die glatte, absteigende Chaussee hinunter. Das Auto war redlich verdient: achtundzwanzig Kilometer sind genug für einen beleibten Herrn.

In Grimbaud hält der Mann. Es ist schon halb dunkel – aber man kann noch alles sehen. Ich klettere durch die winzig kleine Stadt, auf die Burg.

Das ist eine wahrhafte Ruine –! So eine, wie sie immer auf den Bildern in den alten schweizer Hotels abgemalt ist, und vor denen man sich vergeblich fragt, wo in aller Welt denn solche pittoresken Ruinen vorkämen. Das ist sie. Ich stapfe in den Trümmern herum und sehe ins Tal. Unser Zeitalter liebt keine Ruinen. Heiße ich Herr Biedermeier –? Also. Aber hübsch ists doch.

Wir fahren ab, die Scheinwerfer sind schon angezündet. Immer, wenn uns ein anderer Wagen entgegenkommt, blinzeln sich die Autos an, beide Chauffeure blenden die Lichter ab, es ist wie ein Gruß im Dunkel. Durch die schwärzlich verhüllten Straßen rollt der Wagen. Ich bin müde.

(»Sagen Sie mal – apropos: Ich meine ... so ... mit den Weibern ... Die Französinnen sollen ja dolle Nummern sein!« Hm. »Erzählen Sie mal!« Ja, also in Toulon, in einem ... puschpuschpuschpusch ... »Ah! Wirklich! Hat sie ganz einfach ...? Großartig! Faaabelhaft!« Das möchte Ihnen so passen, Sie altes Ferkel! Kein Wort wahr! »Schade. Man hörts doch immer wieder gern.«)

Über eine Bahnstrecke springen die Räder, eine weiße Frau taucht am Wege auf, mit einem Kinderwagen ... dann bin ich zu Hause. Noch einen Tabak ... Alle Sterne blitzen und der Mond auf dem Meer. Man sieht noch das regelmäßige verlöschende Blinkfeuer am Horizont und einen stillen weißstrahlenden Leuchtturm, milchigen Schein auf dem Wasser, Glitzern, den hauchigen Glanz am Himmel – dann gar nichts mehr.

Marie von Ebner-Eschenbach

Die eine Sekunde

Die Trauergäste hatten den Friedhof verlassen, nur ein Geschwisterpaar, ein stattlicher alter Mann und eine schlanke, viel jüngere, wenn auch längst nicht mehr junge Frau waren noch an dem mit Blumen überreich geschmückten Grabe stehen geblieben.

Der Spätsommerabend begann kühl zu werden, aber der Mann ließ sein weißhaariges Haupt unbedeckt, hielt seinen Hut in den gekreuzten Händen und blickte unverwandt zur Erde nieder. Er war groß und breitschultrig, schon etwas gebeugt, die hohe Stirn von Falten durchfurcht. Auf seinem bartlosen gebräunten und energischen Gesicht lag ein Ausdruck von lächelnder Wehmut, eine Rührung, eine Weichheit, die ihm beinahe etwas Jugendliches gaben. Seine Schwester betrachtete ihn schweigend.

Ist, die da unter Blumen ruht, eine der vielen gewesen, die er einst geliebt hat, eine der vielen, vielen, von denen er geliebt wurde? Es flog ihr nur durch den Sinn, hinterließ nicht die Spur eines Zweifels. Nein, nein, die Herzensruhe dieser stillen, klaren Frau hat er nie gestört, sie ja auch im Leben eher gemieden als aufgesucht. Was bewegt ihn jetzt? und warum ist er bei der Nachricht ihrer Erkrankung so rasch hierhergeeilt?

Sie sprach diese Gedanken nicht aus, sie mahnte nur zum Aufbruch, denn es war spät geworden und Zeit, den Heimweg anzutreten.

»Gehen wir«, sagte er, blieb aber noch einen Augenblick stehen, schwenkte seinen Hut mit einer großen, feierlichen Gebärde grüßend vor dem Grabe und murmelte leise: »Dank!«

Dann gingen sie lange nebeneinander hin, über Feld- und Wiesenwege, an kleinen freundlichen Gehöften vorbei, der

Straße zu, die, allmählich aufsteigend, durch eine villenreiche Ortschaft zu ihrer Behausung führte. Sie war Eigentum der Schwester, ein netter, wohnlicher Bau ohne überflüssigen Zierrat, lag mitten in einem liebevoll gepflegten Garten und hatte eine traumhaft schöne Aussicht über die Stadt, den Fluss mit seinen Auen, den langen dunklen Zug der bewaldeten Berge.

Die Geschwister waren rüstig gewandert und dennoch erst bei einbrechender Nacht zu Hause angelangt. Sie hatten wenig und nur von gleichgültigen Dingen gesprochen. Nun, nach dem Abendessen, saßen sie am Tisch in der verglasten Veranda, beim sanft gedämpften Licht der elektrischen Lampe. Beide rauchten; er zurückgelehnt in seinen Lehnsessel, sie aufrecht in dem ihren. Die Zigarre zwischen den Zähnen, strickte sie mit feinen geschickten Fingern emsig an einer Kinderjacke. Ihr Bruder unterbrach das Schweigen plötzlich. Seine klaren blauen Augen sahen die Schwester fragend an: »Theo, sag mir, bin ich sentimental?«

Sie musste lachen: »Nein, mein Lieber, wirklich nicht.«

»Nun – und doch, und doch –«, wiederholte er mehrmals. »Die Frau, die wir heute begraben haben, ist nie meine Geliebte gewesen, aber das größte Glück, das ich je durch eine Frau erfahren habe, hat sie mir geschenkt.«

Er schwieg wieder, und sie fragte nicht; sie fragte nie und erfuhr doch alles von ihm, oft mehr, als sie zu erfahren wünschte. Sie rauchte und strickte weiter und sann über das Rätsel nach, das er ihr aufgegeben hatte. Das ganze Dasein der Entschlafenen war so ruhig und ereignislos verlaufen, lag klar vor aller Augen, es konnte ein Geheimnis nicht bergen. Sie hatte ihn als den großen Künstler, der er war, bewundert, für seine Arbeiten das feinste und tiefste Verständnis gehabt – persönlich nahe schienen sie einander nie getreten zu sein.

Jetzt begann er wieder: »Ich hätte sie so gern noch gesehen vor ihrem Tode, ich hab ihr was sagen wollen ... Du warst zu klein, du hast nichts davon gewusst, und später, wie du groß geworden bist, war's lang vergessen, dass ich als sechzehnjähriger Bub verliebt gewesen bin in die schöne ältere Kusine.«

»Nein, davon habe ich nicht die geringste Ahnung gehabt.«

»Verliebt«, fuhr er fort, »und dabei so unschuldig mit meinen sechzehn Jahren, wie's heutzutag kein Zwölfjähriger mehr ist. Und diese Liebe und diese Unschuld, die haben miteinander eine inbrünstige Anbetung zuweg gebracht. Ich hätte mich für ein gutes Wort von ihr schinden, brennen, steinigen lassen. Ich war ein übermütiger Bub, dem die Haut alle Augenblick zu eng geworden ist, sie war ruhig, majestätisch und lieblich, und sie hat so schön gesungen! Und wenn sie gesungen hat, was ich am liebsten gehabt hab und heut noch hab: Lieder von Schubert, da war manchmal in ihrer Stimme etwas voller Sehnsucht, und da hab ich Wonnequalen ausgestanden und – genossen. Gesagt – nie ein Wort. Aber mein dummes Gesicht hat verraten, was in mir vorgegangen ist, und die Vettern und Basen haben mich mit großer Rohheit und Grausamkeit ausgespottet. Manchmal hab ich mir's gefallen lassen, manchmal nicht, und wenn nicht, dann hab ich ihnen mit Antworten aufgewartet, die ihnen die Lust genommen haben, ihre Schnäbel an mir zu wetzen. Dazu hat dann sie gelächelt, und das war bitter für diese Gimpel, die weniger oder mehr alle in sie verliebt gewesen sind.«

Er unterbrach sich und fing nach einer Weile wieder lebhaft an: »Erinnerst du dich noch der großen Familienversammlungen, die's alle Sommer beim Großonkel in Ungarn gegeben hat?«

»Freilich, 's ist lange her, es war immer sehr schön und festlich.«

»Also, noch viel länger her, als wie du dich erinnerst, sind einmal die Eltern der Johanna mit ihr zu uns gekommen, damit wir die Fahrt nach Ungarn zusammen unternehmen. Eisenbahnen hat's da hinunter noch nicht gegeben, so sind drei Wägen eingespannt worden; ein offener für die zwei Väter und zwei Gläserwägen, einer für die Mütter, einer für die Johanna, für die Zofe und – für mich. Es war Hochsommer und sehr heiß, und die Tante hat – noch im Grab soll sie dafür gesegnet sein – die Hitze nicht vertragen. So ist bestimmt worden, dass wir in der Nacht fahren, bei Mondenschein und Sternenglanz. Alles war prächtig, nur hat mich gewurmt, dass der alte Johann, bevor er zum Kutscher auf den Bock gestiegen ist, eine Pistole zu sich gesteckt hat. Teufel auch! Das hätte mir einfallen sollen, eine Pistole in meiner Brusttasche hätte sich gut gemacht. Indessen – ich hab's halt versäumt gehabt, und nachdem der Wagenschlag ins Schloss gefallen war, da hat's in meinem Herzen nur noch Platz für eine große Glückseligkeit gegeben. O Wonne ohnegleichen! Jetzt werd ich mit ihr sein, eine ganze Nacht, weit fort von der Welt, von allen andern Menschen. Eine ungeheure Lustigkeit hat mich gepackt, das tollste Zeug ist mir eingefallen, ich hab drauflos erzählt und geplauscht, und wenn sie über meine Witze gelacht hat, war ich betrunken vor Stolz.

Die Kammerjungfer hat im Anfang bescheiden mitgekichert, dann ist sie eingeschlafen, die gute Person, und jetzt waren wir sozusagen allein. Da aber hat es mich überkommen: Herr Gott im Himmel, wenn ich doch ein Mann wär, der von gescheiten Sachen mit ihr spricht, nicht nur ein Junge, ein Bub, der sie lachen macht mit seinen Späßen … Auf einmal war es aus mit meiner Fröhlichkeit; ich nehm mich zusammen, sie soll sehen, dass mir auch ernste Dinge im Kopf herumgehen, und ich frag sie, ob sie sich denken kann, dass ich ein Geheimnis hab, das ich mit mir herumtrage, schon lang, ich weiß gar nicht wie lang, und dass ich es ihr anvertrauen will. Im Anfang hat sie nicht recht gewusst, was sie aus meinen Reden machen soll, war aber bald gewonnen und hat sich gar nicht sehr gewundert, wie ich geschworen hab, dass ich – die Eltern sollen tun und sagen, was ihnen beliebt – nichts andres werd in der Welt als ein Bildhauer.

Zwei Jahre, in Gottes Namen, büffel ich noch, dann, wenn's nicht anders is – geh ich durch, zum großen Meister in Paris, und dort werd ich ein Lehrling, ein Schüler – ein Könner. Was ich alles zusammenbramarbasiert hab, weiß ich nicht mehr, aber ich erinnere mich, dass sie gesagt hat: ›Dass du Talent hast, sehen ja alle.‹ – ›Nur ausbilden soll ich es nicht‹, hab ich aufgeschrien, ›nur als Spielerei soll ich's betreiben … Sie bilden sich ein, mich schon herumgekriegt zu haben, sie irren sich. Wie sie sich irren, is mein Geheimnis, und das hab ich dir jetzt anvertraut.‹

Sie hat gemeint, es wird zum Durchgehen nicht kommen, zu einem so verzweifelten Schritt werden mich die Eltern nicht treiben. Für meine verschwiegenen Qualen war sie voll Teilnahme, hat wissen wollen, wann ich zum ersten Mal gefühlt hab: Das ist mein Beruf; und wie mir war, als die Flamme zum ersten Mal geknistert hat … Ja, wenn ich's gewusst hätte – und ob das je einer gewusst hat? Was war mir auch an der Vergangenheit gelegen? All und alles nur an der Zukunft. Vor der hab ich gesprochen, von meinen großen Plänen, von allem, was ich tun und leisten will. Voll Aufmerksamkeit hat sie zugehört, manchmal nur meinem Eifer kleine Dämpfer aufgesetzt, ist immer stiller worden und sagt endlich: ›Es muss sehr spät sein, ich möchte nicht ganz unausgeschlafen ankommen. Lass mich jetzt schlafen, und schlaf auch du!‹ Und hat sich in die Ecke gelehnt. ›Gute Nacht.‹

Das hat mich furchtbar gekränkt. Ich sag ihr alles, was ich von mir nur weiß. Meine ganze Seele is Feuer und Flamme, jeder Nerv, jeder Blutstropfen hellwach, und sie sagt: Schlaf! Na – wenn sie's sagen kann … Also schluck ich meinen Zorn hinunter und meinen Schmerz und würg heraus: ›Gute Nacht.‹ Sie muss gemerkt haben, dass sie mir weh getan hat, und sagt noch einmal sehr lieb und herzlich: ›Gute Nacht.‹

Ich hab mich in meinen Winkel gedrückt und mich geschämt, weil das Weinen mir nahe war, und hab sie immerfort angeschaut. Sie konnt es nicht bemerken, auf meiner Seite war's ganz finster, auf die ihre ist das volle Mondlicht gefallen. Herrgott, wie schön war sie in diesem weißen Glanz! ... Der heilige Ernst auf ihrer Stirn und um den Mund mit den vollen, weichen, sanften Lippen, die sich manchmal ganz leise bewegt haben. – Ich schau und schau und rühr mich nicht, aber in mir tobt ein Aufruhr. Ja, ich werd es erreichen, ich werde schöne Schöpfungen Gottes nachschaffen ... Verworren und nebelhaft waren meine Gedanken, aber etwas hat werden wollen, und in dieser Nacht is ein Keimlein entstanden ... dasselbe, aus dem zwanzig Jahre später die Vittoria Colonna herausgewachsen is, die mir so viel Ehr eingetragen hat.

Also: ich drück mich in meinen Winkel und schau ... und rühr mich immer nicht. Und jetzt seh ich, dass sie die Hände hebt und ganz langsam ihren dünnen Schleier zum Hutrand hinaufschiebt, sich zu mir beugt immer näher ... Ich fühl ihr Gesicht nah an meinem, und – mir vergeht der Atem – ihre Lippen liegen auf meinen Lippen, einen wunderbaren, kleinen, kurzen Augenblick. Dann richtet sie sich wieder leise auf, lehnt sich zurück und macht die Augen zu ...

Ich war tot – gestorben vor Glück, hoch weggeflogen über die Welt. Ich war wie einer, an dem ein himmlisches Wunder geschehen ist. Was soll der noch auf Erden? was kann ich noch erleben, was will ich noch erleben? Ja, ja, liebe Theo, es gibt in der Welt der Vergänglichkeit Dinge, die nicht vergehen. *Der* Augenblick is in meinem Leben das, was nicht vergeht. An Glück in der Liebe hat es mir nicht gefehlt. Edle, stolze Frauen, so manche, die heute noch für unnahbar gelten, haben mir schöne Stunden und Tage geschenkt. Ich bleib ihnen dankbar, aber manchmal, wenn ich nachdenk, geschieht mir's doch, dass ich mich frag: War's die oder die? War's früher oder später, da oder dort? ... Der Augenblick, die einzige Sekunde, steht immer da in meiner Erinnerung, immer gleich groß und einzig, und funkelt wie ein Stern, in den alle andern Sterne ihr Licht ergossen haben …

Die Kammerjungfer is aufgewacht, hat sich entschuldigt, dass sie geschlafen hat: ›Nur weiter, ich leiste Ihnen Gesellschaft‹, sagt die Herrin, und bald merk ich an ihren leisen regelmäßigen Atemzügen: Sie schläft sanft und tief. Ich hab sie nicht mehr deutlich sehen können, denn der Mond war schon blass geworden, und der Morgen hat gegraut, aber ihren Kuss hab ich immer noch auf meinem Mund gefühlt und die Wonne ihrer Nähe still und lautlos genossen.

Wir sind im Schritt und langsam einen Berg hinaufgefahren. Der Weg war gut, der Berg war nicht steil, der Wagen wie eine Wiege. Manchmal hat ein Rad geknarrt, manchmal hat ein Pferd geschnaubt … Nach allen den ausgestandenen Gemütsbewegungen haben meine gesunden sechzehn Jahr ihr Recht gefordert – ich hab nicht mehr viel von mir gewusst, bis mir zuletzt nur noch geträumt hat, dass ich wach bin.

Wirklich bin ich's worden über viel Lärm und Geschrei, das sich um unsre Wägen herum erhoben hat. Wir waren angekommen, und so früh am Tag es noch gewesen is, alle Hausleute, alle Gäste waren auf und haben uns willkommen geheißen. Man kennt die ungrische Gastfreundschaft. Was das Haus vermocht hat – und es hat viel vermocht –, is zur Unterhaltung der Gesellschaft geschehen. Alle waren hoch zufrieden, lustig und vergnügt, nur ich der unglücklichste Mensch, denn ich hab zusehen müssen, wie die Johanna umringt und gefeiert worden is, wie alle Herren, die jungen und die alten, ihr gehuldigt haben, indessen ich zu den Adoleszenten gesteckt worden bin. Ich war in dem Gewühl ganz getrennt von ihr, hab mich auch ferngehalten, war wütend über sie, weil sie den Leuten so gut gefallen hat, bin ihr ausgewichen in meiner Eifersucht, ich dummer Bub, während mein ganzer Mensch mit Leib und Seel nur eine Sehnsucht nach ihr war.

Einige Mal hat sie mich gefragt: ›Was ist dir denn?‹ und ich hab trotzig geantwortet: ›Nichts.‹ Sie hat mich verwundert angesehen, nicht traurig, nicht vorwurfsvoll, nur – verwundert.

Die Eltern haben's in dem Getreib nicht lang ausgehalten, wir sind nach Haus gefahren, die andern sind geblieben, auch nach den Festlichkeiten, weil die Tante krank geworden is. Im Herbst hat man sie dann nach dem Süden geschickt. Sie hat sich nicht mehr erholt; das weißt du ja.«

»Gewiss«, sagte die Schwester. »Es war so traurig, ihr langes Siechtum, und dass sie in der Fremde hat sterben müssen und dass sie die Verheiratung Johannas nicht mehr erlebt hat. Du warst damals in Paris, zwei Jahre schon.«

»Ja, ja. Die ersten Lehrjahre in der Schule bei meinem großen Meister waren schon durchgemacht, und auch, was man so das Leben nennt, hatte ich kennengelernt. Und mir eingebildet: Das is das wahre, das reiche, das unerschöpfliche Leben. Damals aber, wie ich den Brief bekommen hab, in dem du mir geschrieben hast, dass die Johanna Braut is, hat's mir doch einen starken Ruck gegeben, und an dem Abend hab ich mich gelangweilt in der heitersten und der hübschesten Gesellschaft. Die Nacht im Reisewagen is vor mir aufgestiegen in ihrer Glorie und hat das Geflimmer und Geflimmsel um mich her jämmerlich verdunkelt … Nicht für lang, es ist wieder Feuer worden … Feuer – in jener Nacht war's eine Flamme, die ihr himmlisches Licht in meine Seele ergossen hat. Und ich hab gewusst, und ich hab mir gemerkt: Vergleiche nie … Das wirst du nie wieder empfinden, ebenso wenig wie du je wieder sechzehn Jahre jung werden kannst, ebenso wenig wie eine zweite Johanna geboren werden kann.«

»Sie war sehr, sehr lieb«, sagte die Schwester, »aber du verklärst sie. Ich habe nicht gewusst, dass mein Bruder ein Dichter ist.«

»Ach was! das is jeder echte bildende Künstler. Die Alhambra, der Moses, die Sixtinische Madonna sind gedichtet gewesen, bevor sie erbaut, gemeißelt, gemalt worden sind. Doch das gehört auf ein andres Blatt. Ich hab sagen wollen: Eins hab ich mir vorgenommen. Wenn ich sie wiederseh, frag ich sie: Warum hast du mich damals geküsst? Aus Mitleid? Aus Reue, weil du gemerkt hast, dass ich gekränkt bin? ... Aus Liebe? Aus einem plötzlichen, vorübergehenden Gefühl der Liebe? Sag mir warum! Ja, ja, fest und oft hab ich mir's vorgenommen. Aber wie ich sie zum ersten Mal wiedergesehen hab, da war sie eine junge Frau und eine junge Mutter und so voll Hoheit in dieser doppelten Würde, dass ich meine Frag nicht herausgebracht hab, wie heiß sie mir auch auf den Lippen gebrannt hat. Auch später is es mir so gegangen. Eine Art Rechenschaft verlangen von ihr – von dieser Frau – das geht nicht. Auch hab ich gewusst: Nach der Frag kämen andre, die ich nicht stellen darf. Also: schweigen – meiden. Meiden, das besonders wichtig. Hab mich denn ferngehalten, mich nur unbändig gefreut, wenn ich gehört hab, dass sie in Begeisterung geraten is über eine oder die andre meiner Arbeiten. Oder wenn sie mir's geschrieben hat. So gewusst wie sie, was ich in meiner Kunst gewollt hab, hat niemand, niemand, niemand! Dabei bin ich durchs Leben spaziert mit meiner unbeantworteten Frag. Hab zuletzt auch gar nicht mehr fragen wollen. Nur wie sie schwer krank geworden is, da war's bald bei mir ausgemacht: Sie soll nicht sterben, bevor ich, der Greis, ihr der Greisin, gesagt hab: Du hast mich einmal, vor langer Zeit, über alle Begriffe glücklich gemacht. Na – ich bin zu spät gekommen.«

Er biss sich auf die Lippen, eine Röte überflog sein energisches Gesicht, seine Stimme ward rau. »Dass mir's so leid tut, is sentimental. Hol's der Kuckuck, ja, ich bin ein alter Narr, ich bin sentimental.«

Die Augen der Schwester ruhten nachdenklich auf seinen bewegten Zügen. Sie legte die Zigarre weg und reichte ihm über den Tisch ihre Hand: »So sei in Gottes Namen sentimental.«

Charles Dickens

Eine schwierige Landpartie

Mr. Pickwick wurde von seinen Reisegefährten zum Frühstück erwartet, das bereits aufgetragen war und rasch zu seinem und der Pickwickier Esslust Ruhme wieder verschwand.

»Aber wir müssen von Manor Farm reden«, sagte Mr. Pickwick; »wie sollen wir die Reise machen?«

»Wir täten vielleicht am besten, mit dem Kellner zu sprechen«, sagte Mr. Tupman, und der Kellner ward heraufbeschieden.

»Dingley Dell – fünfzehn Meilen, meine Herren – Feldwege – Postpferde, meine Herren?«

»In einer Postchaise würden nur zwei von uns Platz finden«, bemerkte Mr. Pickwick.

»Das ist wahr, Sir – bitt um Vergebung, Sir – aber – sehr hübsches vierrädriges Cabriolet – ein Sitz für zwei Herren – einer für den, der fährt – o! bitt um Vergebung – hat nur für drei Platz.«

»Was ist zu tun?«, sagte Mr. Snodgras.

»Vielleicht reitet einer der Herren«, sagte der Kellner, Mr. Winkle ansehend, »sehr gutes Reitpferd, Sir – und wer von Mr. Wardles Leuten nach Rochester kommt, kann's zurückbringen.«

»Ja, so geht es«, sagte Mr. Pickwick, »Winkle, wollen Sie reiten?«

In den verborgensten Tiefen des Innern Mr. Winkles stiegen böse Ahnungen bei dem Gedanken an eine bevorstehende Probe auf, die er von seiner Reitergeschicklichkeit ablegen sollte; allein da er diese um keinen Preis hätte beargwohnt sehen mögen, antwortete er sogleich mit großer Zuversichtlichkeit: »Sehr gern; es ist mir lieber als jede andre Art zu reisen.«

Mr. Winkle hatte das Schicksal gleichsam herausgefordert – er musste ihm jetzt Trotz bieten.

»Dass das Cabriolet und das Reitpferd um elf Uhr bereitstehen«, sagte Mr. Pickwick.

»Sehr wohl, Sir«, erwiderte der Kellner und entfernte sich.

Die Reisenden begaben sich in ihre Schlafzimmer, um die Wäsche zu wechseln und ihre Mantelsäcke zu packen. Sie hatten kaum ihre kleinen Vorbereitungen getroffen, als das Cabriolet vorfuhr und das Reitpferd vorgeführt wurde, das, gleich dem vor das vierrädrige Fuhrwerk gespannten, ein mächtig großes braunes Tier war.

»O Himmel!«, rief Mr. Pickwick aus, als er mit seinen Freunden vor die Tür trat. »O Himmel! wer soll denn fahren? Daran hab ich ganz und gar nicht gedacht.«

»Sie selbst, natürlich«, sagte Mr. Tupman.

»Natürlich«, sagte Mr. Snodgras.

»Ich?«, rief Mr. Pickwick aus.

»Haben S' nur keine Furcht, Sir«, fiel der Hausknecht ein, der die Zügel in der Hand hatte, »der Braune ist ganz ruhig, Sir; ein Kind kann ihn regieren.«

»Er ist also nicht scheu – ist er nicht?«, fragte Mr. Pickwick.

»Scheu, Sir? – Er würd nicht scheuen, und wenn er an 'nem ganzen Wagen voll Affen mit verbrannten Schwänzen durch müsste.«

Dies klang vollkommen tröstlich. Mr. Tupman und Mr. Snodgras stiegen ein, und Mr. Pickwick stieg auf – jene in den Wagen, und dieser auf den sehr hohen Bock. Der Hausknecht reichte ihm die Zügel und die Peitsche hinauf.

»Brrrr!«, rief Mr. Pickwick, als das große Tier eine entschiedene Neigung an den Tag legte, das Fuhrwerk rückwärts in das Gastzimmerfenster zu drängen.

»Brrrr!«, schrien Mr. Snodgras und Mr. Tupman aus dem Wagen.

»Bloß seine Munterkeit, Sir«, sagte der Hausknecht ermutigend, fiel dem Pferd in die Zügel und befahl seinem Gehilfen, Mr. Winkle das Reitpferd vorzuführen und ihm beim Aufsteigen behilflich zu sein.

»Auf der andern Seite, Sir, wenn's gefällig ist«, sagte der Gehilfe.

»Beim Deuker, er will auf der unrechten Seite aufsteigen«, flüsterte ein greinender Postknecht dem unendlich vergnügten Kellner zu.

Mr. Winkle klimmte, gehörig instruiert, in den Sattel, und es wurde ihm eben nicht schwerer, als wenn er die Wand eines Linienschiffes hätte ersteigen müssen.

»Alles in Ordnung?«, fragte Mr. Pickwick mit einem Vorgefühl, dass die Verwirrung nun erst recht anheben würde.

»Alles in Ordnung«, erwiderte Mr. Winkle mit schwacher Stimme.

»In Gottes Namen«, sagte der Hausknecht, das Pferd loslassend; und fort rollte der Wagen und sprengte Mr. Winkle zur höchsten Belustigung des ganzen dienenden Gasthofspersonals.

»Weshalb geht es denn so zur Seite?«, rief Mr. Snodgras im Wagen Mr. Winkle im Sattel zu.

»Gott mag es wissen«, rief Mr. Winkle zurück, dessen Pferd auf die geheimnisvollste Weise mit ihm ging – den Kopf nach der einen und den Schweif nach der anderen Seite gekehrt.

Mr. Pickwick hatte keine Muße, hierauf zu achten. Alle seine körperlichen und geistigen Vermögen waren in der Lenkung seines eigenen Pferdes konzentriert, das mehrfache Eigentümlichkeiten entwickelte, die für jeden Zuschauer höchst interessant, für die im Wagen Sitzenden aber keineswegs gleich unterhaltend waren. Abgesehen davon, dass es beständig auf eine höchst unangenehme Weise und zur großen Unbequemlichkeit Mr. Pickwicks den Kopf in die Höhe warf und so entsetzlich in den Zügeln lag, dass der Wagenlenker dieselben kaum festzuhalten vermochte, hatte es eine sonderbare Neigung, bald plötzlich zur Seite zu springen, bald ebenso plötzlich stillzustehen und dann wieder einige Minuten so rasch fortzugaloppieren, dass Mr. Pickwick es fast unmöglich fand, die Zügel festzuhalten.

»In aller Welt, was kann es vorhaben?«, sagte Mr. Snodgras, als das Pferd dieses Manöver zum zwanzigsten Male ausführte.

»Ich weiß es nicht«, erwiderte Mr. Tupman, »es hat ganz den Anschein, als wenn es scheute – meinen Sie nicht auch?«

Mr. Snodgras war im Begriff zu antworten, als er durch Mr. Pickwick unterbrochen wurde, der laut ausrief: »O weh, ich habe die Peitsche verloren!«

»Winkle!«, rief Mr. Snodgras, als der Reiter auf seinem hohen Ross herantrabte, den Hut über den Ohren, und von der heftigen Bewegung am ganzen Leibe zitternd, als wenn er zusammenbrechen wollte, »Winkle, o bitte, heben Sie die Peitsche auf.«

Mr. Winkle zog die Zügel an, bis er schwarz im Gesichte war, und als es ihm endlich gelungen, sein Pferd zum Stehen zu bringen, stieg er ab, reichte Mr. Pickwick die Peitsche, und schickte sich an, wieder aufzusteigen.

Wir wissen die Frage nicht bestimmt zu beantworten, ob sich das große Pferd bei seinem munteren Temperament mit Mr. Winkle einen kleinen unschuldigen Zeitvertreib zu machen wünschte, oder ob es ihm einfiel, dass es die Reise zu seinem Vergnügen ebenso gut ohne einen Reiter, als mit einem solchen vollenden könne: – so viel ist aber gewiss, dass Mr. Winkle kaum den Fuß in den Steigbügel gesetzt hatte, als es durch eine rasche Bewegung die Zügel über den Kopf schnellte und zurücksprang, so dass er sie der vollen Länge nach in der Hand hatte.

»Komm, komm, mein gutes Tier – ah, ah – mein gutes altes

Pferd!«, rief Mr. Winkle besänftigend; allein »mein gutes Tier« widerstand allen Schmeicheleien, tanzte mit Mr. Winkle indem er ihm an die Seite zu kommen suchte, mehr als zehn Minuten im Kreise herum, und Mr. Winkle war nach dieser Zeit gerade ebenso weit vom Ziele als beim Beginn des Drehers – eine unangenehme Sache unter allen Umständen, besonders aber auf einem einsamen Feldwege, wo kein Beistand zu haben war.

»Was soll ich anfangen?«, rief Mr. Winkle. »Ich kann ihm schlechterdings nicht beikommen.«

»Sie werden am besten tun, es zu führen, bis wir an einen Schlagbaum kommen«, rief Mr. Pickwick ihm zu.

»Aber es will nicht mit«, rief Mr. Winkle zurück. »Kommen Sie und helfen Sie mir.«

Mr. Pickwick war die Güte und Gefälligkeit selbst, warf also seinem Pferde die Zügel auf den Rücken, stieg vom Bocke, und eilte, Mr. Snodgras und Mr. Tupman im Wagen zurücklassend, seinem unglücklichen Gefährten zu Hilfe.

Kaum sah das Pferd Mr. Pickwick mit der Peitsche herankommen, als es seine vorige kreisende Bewegung in eine so entschiedene retrograde verwandelte, dass es Mr. Winkle fast im Trabe mit sich fortzog. Mr. Pickwick beeilte seine Schritte, allein je schneller er lief, desto schneller ging auch das Pferd rückwärts. Es machte eine verzweifelte Anstrengung, Mr. Winkle vermochte nicht mehr zu halten, ließ die Zügel fahren, es machte kurz rechtsum kehrt und trabte nach Rochester zurück. Mr. Winkle und Mr. Pickwick starrten einander in stummer Bestürzung an, aus welcher sie endlich durch ein rasselndes Geräusch aufgeschreckt wurden. Sie blickten auf.

»Barmherziger Himmel«, rief der geplagte Mr. Pickwick aus, »da läuft das andere Pferd fort!«

Es war nur zu wahr. Das sich selbst überlassene Pferd war mit Mr. Snodgras und Mr. Tupman davongelaufen. Sie sprangen beide aus dem Wagen, den das Pferd bald darauf gegen einen Pfahl schleuderte. Er blieb zerschmettert liegen, und das Pferd stand stockstill und schaute ruhig auf die Verwüstung hin, die es angerichtet.

Die erste Sorge Mr. Pickwicks und Mr. Winkles war, ihren Freunden zu Hilfe zu eilen, die, wie sich bald zeigte, nicht schwer verletzt waren, sondern nur mannigfachen Schaden an ihren Kleidern und ihrer Haut durch Dorngestrüpp erlitten hatten; ihre Sorge bestand darin, das Pferd aus dem Geschirr zu entwirren. Nachdem sie mit diesem komplizierten Geschäft zustande gekommen waren, gingen sie langsam weiter, das Pferd neben sich herziehend und das Fuhrwerk seinem Schicksal überlassend.

Nach einer Stunde gelangten sie an ein kleines, höchst unwirtlich aussehendes Wirtshaus. Im Garten daneben arbeitete ein rotköpfiger Mann; Mr. Pickwick redete ihn sofort an –
»Heda – ho, ho!«

Der rotköpfige Mann richtete sich empor, hielt die Hand über die Augen und starrte Mr. Pickwick und dessen Gefährten lange und gleichgültig an.

»Ho, ho!«, wiederholte Mr. Pickwick.

»Ho, ho!«, war die Antwort des rotköpfigen Mannes.

»Wie weit ist's von hier nach Dingley Dell?«

»Sieben Meilen.«

»Ist der Weg gut?«

»Nä!«

Der rotköpfige Mann fing nach dieser lakonischen Antwort und nachdem er, wie es schien, seine Wissbegier hinlänglich befriedigt hatte, wieder an zu arbeiten.

»Wir möchten Euch gern dieses Pferd in Verwahrung geben – das geht doch wohl an?«, sagte Mr. Pickwick.

»Möchtet das Pferd hier in Verwahrung geben – so?«, wiederholte der Rotköpfige, sich auf seinen Spaten lehnend.

»Nun ja doch«, fuhr Mr. Pickwick fort, der sich inzwischen, das Pferd an der Hand, der Gartenbefriedigung genähert hatte.

»Frau!«, rief der Mann mit dem roten Kopfe, das Pferd scharf in das Auge fassend – »Frau!«

Eine große, stark gebaute Frau trat zu ihm heraus.

»Können wir wohl dies Pferd hier unterbringen, gute Frau?«, sagte Mr. Tupman, sich ihr nähernd, und in seinem schmeichelndsten Ton.

Die Frau sah ihn und seine Gefährten mit misstrauischen Blicken an, und der rotköpfige Mann flüsterte ihr etwas in das Ohr.

»Nä«, antwortete sie, »ich riskier's nich.«

»Nicht riskieren?«, rief Mr. Pickwick aus. »Was fürchtet Ihr denn, gute Frau?«

»'s hat uns ärst 's vor'ge Mal in Ungelegenheit gebracht«, sagte die Frau, wieder hineingehend, »ich mag nix damit zu schaffen han.«

»Nun, so etwas ist mir doch im Leben noch nicht vorgekommen«, sagte Mr. Pickwick höchst verwundert.

»Ich – ich – ich glaube wirklich«, flüsterte Mr. Winkle seinen Freunden zu, »dass sie glauben, wir wären auf unehrliche Weise zu dem Pferde gekommen.«

»Wie?«, rief Mr. Pickwick in einem Sturm von Entrüstung aus. Mr. Winkle wiederholte bescheiden seine Vermutung.

»Heda, guter Freund – Mensch«, sagte Mr. Pickwick im Zorn, »meint Ihr, wir hätten das Pferd gestohlen?«

»Glaub's ganz gewiss«, erwiderte der rotköpfige Mann mit einem Grimme, wobei ihm der Mund von einem Ohr bis zum andern ging, folgte der Frau nach und schlug die Tür hinter sich zu.

»Es gleicht einem Traume, einem gräulichen Traume«, rief Mr. Pickwick aus. »Den ganzen Tag umherwandern zu müssen mit einem schrecklichen Pferde, das man nicht loswerden kann!«

Die niedergeschlagenen Pickwickier gingen weiter, ihr großes Pferd hinter sich herziehend, das ihnen allen ein Gräuel geworden war.

Es war schon spät am Nachmittage, als die vier Freunde mit ihrem vierfüßigen Gefährten in den nach Dingley Dell führenden Seitenweg einlenkten; und obgleich sie ihrem Bestimmungsorte so nahe waren, wurde doch die Freude, die sie sonst empfunden haben würden, wesentlich durch den Gedanken an ihre sonderbare Erscheinung und lächerliche Lage verringert. Zerfetzte Kleider, Gesichter mit Schrammen, staubige Schuhe, erschöpftes Aussehen, und – das Pferd, das fatale Pferd! O, wie Mr. Pickwick das Tier verwünschte! Er hatte es von Zeit zu Zeit mit Blicken des Hasses und der Rache angesehen; mehr als einmal überschlagen, wie viel es ihn kosten würde, wenn er ihm die Kehle abschnitte; und jetzt fühlte er sich zehnfach stark versucht, es entweder zu töten oder in die weite Welt laufen zu lassen. Er wurde indes aus seinem unheilschwangeren Brüten durch die plötzliche Erscheinung Mr. Wardles und des rotbäckigen Burschen erweckt, die bei einer Wendung des Weges unerwartet vor den Pickwickiern standen.

»In aller Welt, wie lange sind Sie ausgeblieben?«, begann der gastliche alte Herr. »Ich habe den ganzen Tag auf Sie gewartet. Und wie erschöpft Sie aussehen! Wie – Schmarren! Will doch hoffen, dass Sie keinen Schaden genommen? – Freue mich sehr, es zu hören. Sie haben umgeworfen? Je nun – dergleichen kommt hier oft vor. Joe – der verwünschte Bursche schläft schon wieder – Joe, nimm dem Herrn das Pferd ab und bring's in den Stall.«

Joe schleppte sich mit dem Pferde langsam nach, während Mr. Wardle seine Gäste voranführte und ihnen sein Bedauern über ihre Abenteuer ausdrückte, soweit sie die Mitteilung derselben angemessen erachteten. Sie traten in die Küche.

»Hier wollen wir Sie vor allen Dingen ein wenig restaurieren«, sagte der alte Herr, »und dann führ ich Sie zur Gesellschaft in das Wohnzimmer. Emma, den Kirschbranntwein – Jane, eine Nähnadel und Zwirn – Mary, Waschwasser und Handtücher! Munter, tummelt euch, Mädchen!«

Während die handfesten Mägde eilten, seine Befehle auszuführen, erhoben sich zwei männliche Dienstboten mit großen Köpfen und runden Gesichtern von der Bank am Herde – wo sie, obgleich es im Mai war, am Feuer hockten, als wenn es Dezember gewesen wäre – und griffen sogleich zu Schuhwichse und Bürsten, mit welchen sie zu arbeiten begannen, als auch die Mägde schon wieder zurückkehrten, Kirschwasser einschenkten und Waschwasser und Zwirn und Nadeln brachten.

Nachdem Mr. Snodgras seine Waschungen beendet, stellte er sich mit dem Rücken an das Feuer und überblickte, eine Herzstärkung schlürfend, die Küche. Er beschreibt sie als einen großen, mit Backsteinen gepflasterten und einem geräumigen Herde versehenen Raum; die Decke verziert mit Schinken, Speckseiten und Zwiebeln an Schnüren, die Wände mit Hetzpeitschen, Pferdegeschirr und einem alten rostigen Gewehr, unter welchem geschrieben stand, dass es geladen sei, was auch in der Tat, laut derselben Quelle, vor fünfzig Jahren der Fall gewesen war. In der einen Ecke stand eine ehrwürdige alte Wanduhr, und eine silberne von gleichem Alter hing über dem Küchentische.

»Fertig?«, fragte der alte Herr, als seine Gäste gewaschen, gebürstet und mit Branntwein versehen waren.

»Zu dienen«, erwiderte Mr. Pickwick.

»So belieben Sie, mir zu folgen« fuhr Mr. Wardle fort und führte die Restaurierten durch mehrere dunkle Gänge in das Wohnzimmer. Mr. Tupman schloss sich eilend zu rechter Zeit wieder an, nachdem er ein paar Augenblicke zurückgeblieben, um von Emma einen Kuss zu erhaschen, wofür er gebührend durch einiges Zurückstoßen und Kratzen belohnt worden war.

Simone de Beauvoir

Ferien auf La Grillère

Mein Glück erreichte seinen Höhepunkt in den zweieinhalb Monaten, die ich auf dem Lande verbrachte. Meine Mutter war dort in ausgeglichenerer Stimmung als zu Hause in Paris; mein Vater widmete sich mir mehr; um zu lesen und mit meiner Schwester zu spielen, verfügte ich über unbegrenzte Muße. Den Cours Désir vermißte ich nicht allzusehr: die Notwendigkeit, die das Lernen meinem Leben auferlegte, strahlte auf meine Ferien zurück. Meine Zeit war dann nicht mehr durch feste Anforderungen geregelt, deren Fehlen aber wurde durch die Unendlichkeit der Horizonte, die sich meiner Neugier eröffneten, reichlich kompensiert. Ich erforschte sie auf eigene Faust, die Erwachsenen standen nicht mehr als Mittler zwischen der Welt und mir. Ich schwelgte nunmehr in Einsamkeit und Freiheit, die mir im sonstigen Jahreslauf nur spärlich zugeteilt waren. Alle meine Instinkte kamen hier gemeinsam zu ihrem Recht: mein treues Festhalten am Vergangenen, mein Vergnügen an allem, was neu für mich war, die Liebe zu meinen Eltern und das Streben nach Unabhängigkeit.

Gewöhnlich hielten wir uns zunächst ein paar Wochen in La Grillère auf. Das Schloß kam mir unendlich groß und alt vor; in Wirklichkeit stand es kaum fünfzig Jahre, aber keiner der Gegenstände, die während dieses halben Jahrhunderts ins Haus gekommen waren, hatte es jemals wieder verlassen. Niemand rührte eine Hand, um die Asche der Zeiten fortzukehren: man atmete noch den Duft alter erloschener Existenzen ein. An den Wänden des mit Fliesen belegten Eingangsraumes hing eine Sammlung von Jagdhörnern aus glänzendem Messing, die – trügerischerweise, glaube ich – den Glanz verflossener Hetzjagden noch einmal heraufbeschwören sollte. Im ›Billardsaal‹, in dem wir uns gewöhnlich aufhielten, setzten ausgestopfte Füchse, Bussarde und Milane diese blutrünstige Tradition ebenfalls fort. Es stand kein Billard in dem Raum, sondern ein monumentaler Kamin, ein sorgfältig abgeschlossener Bücherschrank und ein Tisch, auf dem Nummern einer französischen Jagdzeitschrift lagen; vergilbte Photographien, Bündel von Pfauenfedern, Steine, Terrakotten, Barometer, Standuhren, die nicht gingen, und für immer erloschene Lampen standen und lagen auf kleinen Tischen umher. Alle Räume außer dem Speisezimmer wurden selten benutzt, unter anderem ein naphthalinduftender Salon, ein kleiner Salon, ein Schulzimmer und eine Art von Büro mit immer verschlossen gehaltenen Läden, das als Abstellraum diente. In einem Verschlag, der stark nach Leder roch, ruhten Generationen von Reitstiefeln und von Straßenschuhen aus. Zwei Treppen führten zu den oberen Geschossen, an deren Korridoren mehr als ein Dutzend Schlafzimmer lagen, die meist zweckentfremdet und mit staubigem Krimskrams angefüllt waren. Eines von ihnen bewohnte ich mit meiner Schwester zusammen. Wir schliefen in Betten mit säulengetragenem Baldachin. Bilder, die aus der *Illustration* ausgeschnitten und unter Glas gerahmt waren, schmückten die Wände.

Der lebendigste Ort des Hauses war die Küche, die die Hälfte des Souterrains einnahm. Dort bekam ich mein erstes Frühstück, das aus Milchkaffee und Schwarzbrot bestand. Hinter der Fensterluke sah man Hühner, Perlhühner, Hunde, manchmal auch Menschenbeine vorbeispazieren. Ich liebte den massiven Holztisch darin, die Bänke und die Truhen, den gußeisernen Herd, aus dem die Flammen stoben, das rasselnde Kupfergeschirr: Kasserollen von jeder Größe, Kessel, Schaumlöffel, Wannen und Wärmpfannen; die heitere Buntheit der Fayenceschüsseln mit ihren kindlichen Farben, die Vielheit der Näpfe, Tassen, Gläser, Tiegel, Hors-d'œvre-Schalen, Töpfe,

Kannen und Weinkrüge amüsierten mich. Welche Unzahl von Bouillontöpfen, Pfannen, Schmortöpfen, Milchsiedern, Tiegelchen, Suppenschüsseln, Platten, Schalen, Sieben, Hackmessern, Mühlen, Mühlchen und Mörsern aus Gußstahl, aus Ton, aus Steingut, aus Porzellan, aus Aluminium, aus Zinn gab es da! Auf der anderen Seite des Korridors, da, wo die Tauben gurrten, war die Milchkammer untergebracht. Glasierte Satten und Näpfe, Butterfässer aus poliertem Holz, Butterklumpen, weiße, glattflächige Käse, die mit weißem Mull zugedeckt waren: die hygienische Kahlheit des Raumes und der darin herrschende Säuglingsgeruch schlugen mich in die Flucht. Doch hielt ich mich gern in der Obstkammer auf, wo Äpfel und Birnen auf einer Lehmschicht reiften, sowie in den Kellern zwischen Fässern, Flaschen, Schinken, Würsten, Zwiebelkränzen und getrockneten Pilzen. In diesen unteren Räumen konzentrierte sich aller Luxus von La Grillère. Der Park war ebenso überaltert wie das Innere des Hauses: es gab dort keine Blumenrabatten, keinen Gartenstuhl, kein Eckchen, das einen durch Behaglichkeit oder Freundlichkeit einlud, sich darin aufzuhalten. Gegenüber der großen Freitreppe lag ein Fischteich, in dem mit kräftigen Bleuelschlägen oft Mägde die Wäsche wuschen; eine Rasenfläche senkte sich fast steil bis zu einem Gebäude herab, das älter war als das Schloß; dieses ›untere Haus‹ war mit Pferdegeschirren und Spinngeweben angefüllt. Drei oder vier Pferde wieherten in den benachbarten Ställen.

Mein Onkel, meine Tante, mein Vetter und meine Kusine führten ein Dasein, das diesem Rahmen angepaßt war. Von sechs Uhr morgens an inspizierte Tante Hélène ihre Schränke. Da sie viele Dienstboten zu ihrer Verfügung hatte, besorgte sie ihren Haushalt nicht selbst, sie kochte selten, nähte oder las nie, beklagte sich aber gleichwohl, sie habe niemals eine Minute für sich; unaufhörlich durchstöberte sie das ganze Haus vom Keller bis zum Speicher. Mein Onkel kam gegen neun

Uhr herunter; er putzte seine Ledergamaschen in der Sattlerei und ging fort, um sein Pferd zu zäumen. Madeleine sorgte für ihre Tiere. Robert schlief. Es wurde spät zu Mittag gegessen. Bevor man sich zu Tisch setzte, machte ›Tonton‹ Maurice mit größter Sorgfalt den Salat an, den er mit zwei Holzstäbchen mischte. Zu Anfang der Mahlzeit wurde mit Eifer über die Qualität der Cantaloupemelonen diskutiert; gegen ihr Ende fand eine vergleichende Betrachtung des Wohlgeschmacks der verschiedenen Birnensorten statt. Zwischendurch wurde viel gegessen und nur wenig gesprochen. Meine Tante kehrte darauf zu ihren Wandschränken, mein Onkel reitgertenschwingend in seinen Pferdestall zurück. Madeleine ging mit Poupette und mir zum Krocketspielen. Robert tat gemeinhin nichts; manchmal entschloß er sich zum Forellenfischen; im September ging er zuweilen auf die Jagd. Alte, zu herabgesetzten Bezügen eingestellte Lehrer hatten versucht, ihm die Grundbegriffe der Rechenkunst und Orthographie beizubringen. Dann hatte eine ältliche, unverheiratete Person mit gelblicher Haut sich der weniger widerstrebenden Madeleine angenommen, die als einzige der Familie las. Sie stopfte sich mit Romanen voll und träumte davon, einmal sehr schön zu sein und sehr geliebt zu werden. Am Abend versammelte alles sich im Billardzimmer; Papa verlangte Licht. Meine Tante protestierte: »Es ist doch noch so hell!« Schließlich bequemte sie sich dazu, eine Petroleumlampe auf den Tisch zu stellen. Nach dem Abendessen hörte man sie durch die dunklen Korridore trotten. Unbeweglich in ihren Lehnstühlen sitzend, erwarteten mit starrem Blick Robert und mein Onkel die Stunde des Schlafengehens. Ausnahmsweise kam es vor, daß einer von ihnen ein paar Minuten lang im *Chasseur français* blätterte. Am folgenden Tage begann der gleiche Ablauf von neuem, nur sonntags fuhr man, nachdem alle Türen verbarrikadiert worden waren, im Gig davon, um in Saint-Germain-les-Belles dem Hochamt beizuwohnen. Niemals empfing meine Tante Besuch, und niemals machte sie einen.

Ich selbst fand mich sehr gut mit diesem Lebenszuschnitt ab. Den größten Teil meiner Tage verbrachte ich auf dem Krocketplatz mit meiner Schwester und meiner Kusine, oder aber ich las. Manchmal begaben wir uns alle drei zum Pilzesuchen in die Kastanienwälder. Wir ließen die faden Wiesenchampignons, die Birkenpilze, den Ziegenbart, die Pfifferlinge stehen; wir hüteten uns, den Satanspilz mit seinem roten Fuß oder den Gallenpilz mitzunehmen, den wir an seiner trüberen Färbung und der Härte seiner Linien erkannten. Wir verachteten die alten Steinpilze, deren Fleisch schon weich zu werden begann und schließlich wie grünlicher Schaum aussah. Wir sammelten nur junge Steinpilze mit schön geformtem Stiel und einem Hut aus bräunlichem oder rotbraunem Samt. Wenn wir durch das Moos schritten und die Farnkräuter auf die Seite schoben, zertraten wir die Eierboviste, die beim Platzen schmutzigen Sporenstaub aus sich entließen. Manchmal gingen wir mit Robert Krebse fangen oder aber wühlten, um Madeleine Futter für ihre Pfauen zu verschaffen, Ameisenhaufen auf und brachten auf einem Karren Wagenladungen von weißlichen Eiern mit.

Der ›große Break‹ verließ nur selten die Remise. Wenn wir nach Meyrignac wollten, fuhren wir eine Stunde lang mit einem Zug, der alle zehn Minuten hielt; dann wurden die Koffer auf einen Eselwagen geladen, wir selbst aber gingen zu Fuß durchs Feld bis zum Herrenhaus; ich konnte mir keinen Ort auf Erden denken, an dem es sich angenehmer leben ließ. In gewisser Weise war unser Tageslauf dort sogar dürftiger. Wir selbst, Poupette und ich, besaßen weder ein Krocket noch sonst ein Spiel, mit dem man sich im Freien beschäftigen konnte; meine Mutter war dagegen gewesen, daß mein Vater uns Fahrräder kaufte; wir konnten nicht schwimmen, und im übrigen floß die Vézère auch nicht sehr nahe am Gut vorbei. Wenn man zufällig auf der Allee ein Automobil anrollen hörte, verließen Mama und Tante Marguerite fluchtartig den Park, um Toilette zu machen; unter den Besuchern waren niemals Kinder. Aber ich brauchte hier auch gar keine Zerstreuungen. Lektüre, Spaziergänge, die Spiele, die ich mit meiner Schwester erfand, genügten mir vollauf.

Die erste meiner Freuden war am frühen Morgen schon das Erwachen der Wiesen; mit einem Buch in der Hand verließ ich das schlafende Haus und öffnete das Tor; es war unmöglich, mich in das Gras zu setzen, das von einem weißen Reif überzogen war; ich ging durch die Allee, vorbei an einer mit ausgewählten Bäumen bepflanzten Wiese, die mein Großvater als den ›Landschaftspark‹ bezeichnete; ich las beim langsamen Schreiten und fühlte, wie auf meiner Haut die kühle Luft sich erwärmte; der leichte Dunst, der die Erde verschleierte, löste sich allmählich auf: Blutbuchen, Blautannen, Silberpappeln standen dann in so frischem Glanze da wie am ersten Morgen im Paradies: Ich aber war ganz allein, um die Schönheit der Welt und die Glorie Gottes zu tragen, wobei mein Magen bereits ein klein wenig von Schokolade und von Röstbrot zu träumen begann. Wenn die Bienen summten, wenn die grünen Fensterläden sich im durchsonnten Duft der Glyzinien öffneten, teilte ich bereits mit diesem neuen Tag, der für die anderen kaum angefangen hatte, eine lange, geheime Vergangenheit. Nach der lebhaften Begrüßung der Familienmitglieder untereinander und dem ersten Frühstück setzte ich mich unter die Catalpa an einen Eisentisch, an dem ich meine ›Ferienarbeiten‹ machte; ich liebte diesen Augenblick, in dem ich, scheinbar mit leichten Aufgaben beschäftigt, mich den Stimmen des Sommers überließ: dem Brummen der Wespen, dem Schrei der Perlhühner, dem angstvollen Ruf der Pfauen und dem Rauschen der Bäume; der Duft des Phloxes vermischte sich mit den Karamel- und Schokoladegerüchen, die aus der Küche in Schwaden zu mir drangen; auf meinem Heft tanzten Sonnenkringel. Jedes Ding und auch ich selbst war hier und für immer an seinem rechten Platz.

Großvater kam mit frischrasiertem Kinn zwischen den weißen Bartkoteletten gegen Mittag herunter. Bis zum Mittagessen las er das *Écho de Paris*. Er war für kräftige Nahrung: Rebhuhn mit Kraut, Blätterteigpastete mit Hühnerfrikassee, Ente mit Oliven, Hasenrücken, Torten, Pasteten, Mandelbackwerk, ›Flognarden‹, ›Clafoutis‹. Während der Tafeluntersatz mit Musik eine Melodie aus den *Glocken von Corneville* spielte, scherzte er mit Papa; die ganze Mahlzeit über versuchte einer den anderen nicht zu Wort kommen zu lassen; sie lachten, deklamierten und sangen; man schwelgte in Erinnerungen, Anekdoten, Zitaten und allerlei Späßen, die an gemeinsame Familienerinnerungen anknüpften. Darauf ging ich gewöhnlich mit meiner Schwester spazieren; wir zerschunden uns die Beine an Ginstergestrüpp, die Arme an Dorngesträuch, wir erforschten kilometerweise im Umkreis Kastanienwälder, Felder und Heideland. Wir machten große Entdeckungen: Teiche, einen Wasserfall, mitten im Heidekraut graue Granitblöcke, die wir erkletterten, um in der Ferne die blaue Linie der Moné dières zu erspähen. Unterwegs naschten wir von den Haselnüssen und Maulbeeren der Hecken, den Baumerdbeeren, den Kornelkirschen oder den herben Früchten des Schlehenstrauchs; wir versuchten die Äpfel von sämtlichen Apfelbäumen, aber wir hüteten uns, an der Wolfsmilch zu lecken und an die schönen mennigroten Ähren zu rühren, die so stolz den geheimnisvollen Namen ›Salomonssiegel‹ tragen. Vom Duft des frischgeschnittenen Heues, dem des Geißblatts, des blühenden Buchweizens berauscht, lagerten wir uns im Moos oder Gras und lasen. Manchmal auch verbrachte ich den Nachmittag allein im ›Landschaftspark‹ und schwelgte in meiner

Lektüre, während ich gleichzeitig die Schmetterlinge umher-
flattern und die Schatten länger werden sah.

An Regentagen blieben wir zu Hause. Während ich unter
dem Zwang durch menschliche Willensbeschlüsse litt, hatte
ich gar nichts gegen den, den die Dinge mir auferlegten. Ich
hielt mich gern im Salon mit den grünen Plüschsesseln und
den vergilbten Mullvorhängen vor den Fenstern auf; eine
Menge toter Dinge starben auf dem Marmorsims des Kamins,
auf Tischen und Kredenzen vollends dahin; die ausgestopften
Vögel verloren ihre Federn, die getrockneten Blumen zerfie-
len, die Muscheln büßten ihren Schimmer ein. Ich stieg auf
einen Hocker und durchforschte die Bibliothek; dort entdeckte ich mehrere Bände Cooper oder irgendein Bildermagazin
mit rostfleckigen Gravüren, das ich noch nicht kannte. Ein Klavier war da, doch mehrere Tasten waren stumm und die Saiten
verstimmt; Mama schlug auf ihrem Pult die Partitur des *Groß-
mogul* oder von *Jeannettes Hochzeit* auf und sang Großvaters
Lieblingsmelodien; er wiederholte dann mit uns zusammen
den Refrain.

Wenn schönes Wetter war, ging ich nach dem Abendessen
noch ein Weilchen in den Park; unter der Milchstraße atmete
ich den pathetischen Duft der Magnolien ein, während ich
nach Sternschnuppen Ausschau hielt. Dann stieg ich mit einem Kerzenleuchter in der Hand die Treppe hinauf, um mich
schlafen zu legen. Ich hatte ein Zimmer für mich allein. Es ging
auf den Hof hinaus und lag dem Holzschuppen, dem Wasch-
haus, der Remise gegenüber, die eine Viktoria und einen Lan-
dauer barg, beide überaltert wirkend wie antike Karossen; die
Winzigkeit dieses Zimmers hatte besonderen Reiz für mich;
es enthielt ein Bett, eine Kommode und – auf einer Art von
Truhe – eine Waschschüssel und einen Krug. Es war eine Zel-
le, die ganz meinen Maßen entsprach wie einstmals die Nische
unter Papas Schreibtisch, in die ich mich verkroch. Obwohl

mich die Gegenwart meiner Schwester im allgemeinen nicht störte, entzückte mich doch das Alleinsein sehr. Wenn mir der Sinn nach Heiligkeit stand, benutzte ich die Gelegenheit, die Nacht auf dem bloßen Fußboden zu verbringen. Vor allem aber hielt ich mich, bevor ich zu Bett ging, noch lange an meinem Fenster auf, und oft erhob ich mich, um den friedlichen Atem der Nacht auf mich wirken zu lassen. Ich beugte mich hinaus, ich tauchte meine Hände in die Kühle eines Kirschlorbeerbusches. Das Wasser des Brunnens rann glucksend auf einen grünlichen Stein; manchmal schlug eine Kuh mit dem Huf an die Stalltür: ich konnte mir dann den Geruch von Heu und von Stroh vorstellen. Monoton, eintönig wie das Pochen des Herzens zirpte eine Grille. Unter dem unendlichen Schweigen, der Unendlichkeit des Himmels kam es mir vor, als ob die Erde mit ihrem Echo auf die Stimme in mir antwortete, die unaufhörlich raunte: ›Ich bin da‹; mein Herz zuckte von lebendiger Glut beim kalten Feuer der Sterne. Oben war Gott, er schaute auf mich herab; vom kühlen Winde umschmeichelt, von Düften berauscht, fühlte ich mich durch das Fest meines Blutes mit Ewigkeit beschenkt.

Franziska zu Reventlow

Der Herr Fischötter

Es war in einem Seebad – wir amüsierten uns ausnahmsweise wirklich gut und hatten uns unter anderem mit einem Rechtsanwalt befreundet, den wir sehr schätzten. Er hieß Berger und war ein angenehmer Gesellschafter, nur hatte er einige Sonderbarkeiten, die man sich nicht recht zu erklären wusste. Zum Beispiel, wenn wir alle zusammen baden gingen, uns stundenlang im Wasser und am Strande ergötzten oder müde und gesprächig in der Sonne lagen, tat er niemals mit, sondern verschwand, sowie nur davon die Rede war. Und es war auffallend, wie er jedes Mal zusammenfuhr, wenn von Baden, Wasser, Schwimmen und dergleichen gesprochen wurde. Überhaupt litt er manchmal an scheinbar völlig unmotivierten Depressionszuständen, und es war dann nichts mit ihm anzufangen. Sein offenes, heiteres Wesen verkehrte sich ohne jeden Übergang in düstere Verschlossenheit, so dass keiner von uns sich getraut hätte, teilnehmende oder persönliche Fragen an ihn zu richten.

Waren wir unter uns, so unterhielten wir uns des Öfteren darüber und konnten nicht aus ihm klug werden. Vor allem seine rätselhafte Wasserscheu blieb uns unbegreiflich. Dass es ihm an Mut fehlte, war wohl ausgeschlossen, dass er nicht schwimmen konnte und sich zu blamieren fürchtete, sehr unwahrscheinlich. Er hätte es dann ja auch lernen können. – Oder sollte es am Ende Prüderie sein? Vielleicht nahm er Ärgernis an unserem zwanglosen Treiben, umging es, daran teilzunehmen, und badete heimlich alleine.

Wir versuchten nun in dieser Richtung Beobachtungen anzustellen, benahmen uns, wenn der Rechtsanwalt zugegen war, noch zwangloser wie sonst. Die Unterhaltung gestaltete sich immer frivoler, es wurde kokettiert und geliebelt, pikante Anekdoten erzählt, kurz, der ganze Ton kam bedenklich herunter. Bei unseren Spaziergängen veranstalteten wir gemeinsame Luftbäder auf Waldwiesen – aber der Rechtsanwalt machte alles fröhlich und unbefangen mit und genoss es sichtlich, sich in einem Milieu zu bewegen, das raffinierte Kultur atmete und doch von jeder Konvention frei war. Nur wenn vom Baden die Rede war, zog er sich nach wie vor verstimmt zurück.

Kurz, unsere Methode blieb ganz ohne Erfolg, wir gaben es auf und trösteten uns damit, dass sein Seelenleben uns ja eigentlich gar nichts anging und für unsere freundschaftlichen Beziehungen ganz unwesentlich war. Wir ließen den schlechten Ton wieder fahren und milderten unser Benehmen auf seine ursprüngliche Dezenz zurück. Der Rechtsanwalt schien es zu bedauern, fügte sich aber darein. Das Leben ging seinen Gang, und die Hochsommerhitze schläferte unser Interesse für diese Fragen immer mehr ein.

Aber dann geschah es, dass wir an einem schwülen Augustabend in einer kleinen Gastwirtschaft saßen. Wir führten ziemlich langweilige und matte Gespräche – da kam ein alter Förster, den wir kannten, durch den Garten, blieb an unserem Tisch stehen und erzählte, ihm sei heute ein seltenes Wild vor die Flinte gekommen. Um uns liebenswürdig zu zeigen, heuchelten wir lebhafte Neugier. – Er warf seinen schweren Rucksack auf einen Stuhl, knüpfte ihn auf und der runde Kopf eines ansehnlichen Fischotters kam zum Vorschein. Wir bewunderten ihn und machten dem Alten Komplimente, obgleich wir keinen rechten Begriff von dem Wert, der Seltenheit, ja überhaupt von dem Vorhandensein dieses Tieres in der Naturgeschichte hatten. Dann bemerkten wir, dass der Rechtsanwalt den Otter geradezu entsetzt anstarrte, und lachten darüber, aber das Lachen verging uns, als er von seinem Platz auffuhr und den Förster mit fürchterlicher Stimme anschrie: »Fort damit – schaffen Sie ihn weg – der verfluchte Kerl ist an allem schuld.«

Es folgte eine peinliche Szene, umso peinlicher, als keiner von den Anwesenden ahnte, was es zu bedeuten habe, und man sich deshalb jeder Einmischung enthalten musste.

Der würdige Förster war einen Moment sprachlos, als der elegante Herr im Tennisanzug so auf ihn losfuhr, dann beschuldigte er ihn in bitteren Worten des Wahnsinns, und als der Rechtsanwalt erregt antwortete: noch sei er bei klarem Verstand, aber wenn man die verfluchte Bestie nicht rasch fortschaffe, stehe er für nichts – da maß der alte Mann ihn mit einem prüfenden Blick, wich einen Schritt zurück und sagte langsam: »Jetzt erkenne ich Sie – was hat das unschuldige Tier damit zu schaffen? – Sie – Sie waren es, der zum Unglück noch die Schuld fügte. – Unseliger Mensch – ich war dabei, wie man Ihr Opfer aus dem Walde trug. – Möge Gott Ihnen Frieden geben!«

Der Rechtsanwalt fuhr sich über die Stirn – durch die Haare – und wurde plötzlich ruhig, mehr wie ruhig, alles Leben war aus seinen Zügen gewichen. Dann sagte er mit sichtlicher Anstrengung: »Verzeihen Sie mir – Sie haben wohl recht – ich bin manchmal halb von Sinnen. – Aber ich bitte Sie, schaffen Sie das Tier fort – – ich kann es nicht sehen.« – –

Er drückte dem Alten sichtlich erschüttert die Hand und wiederholte »Verzeihen Sie mir!« – Der schüttelte den grauen Kopf, wünschte uns guten Abend und ging. Den toten Otter nahm er mit und wir fühlten uns etwas erleichtert. Uns fing an vor ihm zu grauen, wie ein Unhold aus dem Märchen hatte er dagelegen und uns aus seinen halboffenen, verglasten Augen angesehen, während die beiden Männer sich gegenüberstanden und von furchtbaren Dingen redeten.

Berger setzte sich, er zitterte an allen Gliedern, und es dauerte eine Weile, bis er sich wieder gefasst hatte. Verstört sah er sich dann im Kreise um und sagte: »Ich muss auch Sie alle um Verzeihung bitten, meine lieben Freunde, aber vielleicht weiß einer oder der andere von Ihnen aus eigener Erfahrung, dass es Momente gibt, wo einem die Sache über den Kopf wächst und man seiner selbst nicht mehr Herr ist. – Ja, und nach diesem bedauerlichen Auftritt bin ich Ihnen wohl eine Erklärung schuldig. Sie möchten nach den Worten des Alten sonst wohl den Verdacht hegen, dass ein Mörder und Verbrecher unter Ihnen weilt – –«

Hier brach er ab und verfiel wieder in dumpfes Sinnen. »Mörder – o lächerlich – es war mein gutes Recht – einer von uns musste fort – und der Verbrecher war er – aber muss er denn immer wieder kommen und mich mit seinen schrecklichen Augen ansehen?«

Er stand noch einmal auf, ging ein paar Minuten auf und ab, schob den Stuhl fort, auf dem der Otter gelegen hatte, und erzählte uns dann seine Geschichte.

Vor einigen Jahren hatte er schon einen Sommer hier zugebracht, mit einem Mädchen, das er grenzenlos und leidenschaftlich liebte, und mit dem er sich nach Ablauf der Saison zu verloben gedachte. Ein Geschöpf von seltenem Liebreiz war sie gewesen und die langen Sommermonate so still, glühend und heiter, dass er wie in einem unwahrscheinlichen Glückstraum zu leben meinte.

Den größten Teil des Tages brachten sie am Strande zu. Er selbst war nur ein mäßiger Schwimmer, da er gerade zu diesem Sport in seiner Jugend wenig Gelegenheit gehabt. Das Mädchen dagegen – sie hieß Alwine – schien mit dem Wasser und mit allen Schwimmkünsten so vertraut, dass man hätte glauben können, es sei ihr eigentliches Element, in dem sie geboren und aufgewachsen war. Die leidenschaftliche Liebe, mit der sie dem Meer zugetan war, konnte ihn manchmal fast beunruhigen. Wenn die sonst so Ruhige und Besonnene lachend und jubelnd in den Wellen auf und nieder tauchte, überkam ihn ein Gefühl, das der Eifersucht verwandt war – als gäbe es noch etwas in ihrem Wesen, woran er nicht teilhaben konnte. Sie sagte auch selbst, ihr sei im Wasser zumut, als ob sie sich in einem fremden Dasein herumtreibe, das mit ihrem sonstigen Leben gar nichts gemein habe.

Dann kam ein fremder Herr in den Badeort. Am Morgen nach seiner Ankunft waren sie unangenehm überrascht, als der neue Gast am Strande erschien. Aber er hielt sich in diskreter Ferne, schwamm weit hinaus, so weit, dass man sich leise beunruhigt fühlte, kehrte jedoch wohlbehalten zurück und unternahm wohl eine Fußtour, denn sie bekamen ihn den ganzen Tag nicht mehr zu Gesicht. Am nächsten Morgen war er wieder da, sie sahen ihn in einer nahen Badehütte verschwinden, und bald darauf schwamm er hinaus, kehrte wieder um und näherte sich dem Platz, wo die beiden Liebenden zu baden pflegten. Das Mädchen war schon eine Zeitlang im Wasser, während der Rechtsanwalt sich noch nicht entschließen mochte, sondern im Sande lag, ihr nachsah und überlegte, was zu tun sei, um jedem Bekanntwerden mit diesem Fremden auszuweichen. Er rief Alwine zu, sie möge nicht so weit hinausgehen, aber sie hörte es wohl nicht mehr, sie trieb auf dem Rücken, schaute in den blauen Sommerhimmel hinauf und lebte ganz in ihrer fernen Wasserwelt. Der Fremde schwamm in langen Zügen auf sie zu, er schwamm auf eine sonderbare Weise, bald geradeaus und auf dem Rücken, bald warf er sich auf die Seite, dass das Wasser aufspritzte und sein Kopf bei jedem Stoß emporfuhr und er so eine Art Halbkreis beschrieb, dann wieder tauchte er unter, tauchte unwahrscheinlich lange und kam eine ganze Strecke weiter wieder zum Vorschein. Jedenfalls war er ein ausgezeichneter Schwimmer, und der Rechtsanwalt fühlte etwas wie Neid. Er stand auf, begab sich nun ebenfalls ins Wasser und suchte Alwine einzuholen. Als er noch ungefähr zehn Schritte von ihr entfernt war, drehte sie sich auf die Seite und wandte den Kopf nach dem Fremden, der immer näherkam. Gleichzeitig tauchte dieser unter und dicht vor dem Mädchen wieder empor – deutlich sah man seinen runden, auffallend runden, glattgeschorenen Kopf mit den kreisförmigen, etwas trüben Augen. Der Kopf machte eine Art Verbeugung und der fremde Herr sagte höflich und reserviert: »Gestatten Gnädige – mein Name ist Fischötter.«

Und Alwine – sie wurde leichenblass und schrie so grauenhaft, wie er noch nie einen Menschen hatte schreien hören, schlug um sich, dass die nassen Arme in der Sonne funkelten, und schwamm in rasender Eile davon. Sie mochte den Fremden mit dem runden Kopf und dem sinnlosen Namen wohl für einen Spuk gehalten haben und wollte ihm entfliehen.

Der Rechtsanwalt nahm alle seine Kräfte zusammen, und der Fischötter schoss neben ihm dahin wie ein Pfeil, aber als sie noch ein gutes Stück von ihr entfernt waren, schrie sie wiederum auf, reckte sich noch einmal empor und versank vor ihren Augen.

Rascher wie er war der andere zur Stelle, aber Alwine kam nicht mehr zum Vorschein.

Inzwischen waren Leute, die am Ufer standen, aufmerksam geworden, Berger winkte ihnen und sie ruderten rasch mit einem Boot heran. Der Fischötter schwamm immer wieder im Kreise um die Stelle herum, wo das Mädchen versunken war, tauchte wiederholt und brachte endlich den leblosen Körper an die Oberfläche. Man hob ihn in das Boot, und die erschöpften Schwimmer stiegen ebenfalls ein.

Keiner sprach ein Wort. Der Rechtsanwalt war wie betäubt vor Qual und Entsetzen, und der Fischötter saß ebenfalls stumm da. Von seinem runden Kopf rannen die Wassertropfen, und die glasigen, runden Augen blickten in hilflosem Schrecken bald auf das Mädchen, bald auf ihren Geliebten. Er musste wohl dunkel fühlen, dass er allein die Schuld an dem Unglück trug, aber er konnte es nicht fassen, wusste es sich in keiner Weise zu erklären. Er hatte seine Künste produziert, sich einer schwimmenden Dame vorgestellt, und die Dame war ertrunken. Aber warum und weshalb? –

Der Rechtsanwalt aber fühlte einen wahnwitzigen Groll in sich aufsteigen gegen diese elende Kreatur, die ihn um sein Liebstes gebracht. Erst in dieser schrecklichen Stunde ging ihm das volle Verständnis für die seltsame Empfindungswelt seines Mädchens auf, von der sie ihm so oft gesprochen. – Wäre der Herr Fischötter ihr am Festlande oder im Salon begegnet, so hätte sie vielleicht Vergnügen an ihm gefunden – so aber musste sie elend durch ihn zugrunde gehen. Und Berger selbst fing allmählich an, ihn für eine Spukgestalt zu halten, wie er triefend, bloß und glasäugig neben der Leiche saß, einem Ungeheuer gleich, das seine Beute bewacht.

Am Ufer angelangt erwachte er wieder zum Bewusstsein der Wirklichkeit, ordnete rasch an, dass man Alwine in das Hotel tragen und einen Arzt rufen solle. Vielleicht, mein Gott, vielleicht war ja noch Hoffnung.

Dann wandte er sich nach dem Fremden um, der immer noch wortlos, triefend und devot dastand, und sagte kurz: ›Ich werde Ihnen heute noch meinen Sekundanten schicken – mein Name ist Doktor Berger.« – Und bestürzt murmelte der andere: »Gestatten Sie, mein Name ist –« Fischötter, wollte er murmeln, aber das Wort erstarb ihm auf den Lippen, denn Doktor Berger herrschte ihn mit furchtbarer Stimme an: »Halten Sie ein – kein Wort mehr – nie wieder!«

Damit ließ er ihn stehen und eilte in das Hotel.

Alle Wiederbelebungsversuche waren umsonst – die Geliebte war tot und sein Lebensglück vernichtet.

Am nächsten Morgen wurde das Duell ausgetragen. Dumpf, verstört, halb fühllos von all dem Jammer und von der durchwachten Nacht kam er zum Rendezvous. Als er seinen Gegner vor sich sah, angekleidet, korrekt und in tadelloser Haltung, musste er sich einen Augenblick besinnen, was das alles heißen sollte und was dieser Mensch ihm eigentlich getan habe. Und schon war er nahe daran, ihm die Hand zu reichen und zu sagen: »Gehen Sie in Gottes Namen Ihrer Wege!« – Aber als dann der andere sich nochmals vorstellen wollte und mit etwas belegter Stimme begann: »Gestatten Sie – mein Name ist –« – da erfasste ihn eine Art Raserei, und er schrie ihm entgegen: »Sie oder ich – für uns beide ist nicht Platz auf der Welt.«

Der Fischötter ergab sich blind und unterwürfig in sein Schicksal, er hatte seit den gestrigen Ereignissen nicht den leisesten Versuch gemacht, sich ihm zu entziehen. Warum er so handelte, ist immer ein Rätsel geblieben.

Stumm wie ein wehrloses Wild stand er da, und zehn Minuten später lag er blutend auf dem grünen Waldboden. Berger aber wusste selber kaum, wie ihm zumute war, er begriff weder sich selbst noch den anderen. Doch wollte er den Brauch nicht verletzen und trat auf den Sterbenden zu, um ihm noch einmal die Hand zu geben, aber als er den runden, glatten Kopf dicht vor sich sah und die kreisförmigen, brechenden Augen ihn trübe und vorwurfsvoll anblickten – da vermochte er es nicht, sondern blieb schaudernd und unschlüssig stehen, bis der alte Förster mit seinen Gehilfen kam und den toten Fischötter forttrug. – –

Der Erzähler schwieg, und auch wir wussten unsere Teilnahme nur durch tiefes Stillschweigen zu bekunden. Nach einer Weile erhob er sich dann und äußerte, er wolle uns jetzt gleich Lebewohl sagen, denn er gedenke morgen abzureisen. Über drei Jahre habe er schwer mit sich gerungen, um dieser Erinnerungen Herr zu werden – immer und überall hätten ihn die brechenden Glasaugen jenes Unglücklichen verfolgt, und in diesem Sommer habe er sich dann entschlossen, wieder hierherzukommen – in der unsinnigen Hoffnung, dass angesichts der nüchternen Tageswirklichkeit das Phantom entweichen möge. Ja, und in unserem Kreise sei ihm so wohl gewesen, dass er wirklich neuen Lebensmut gewonnen habe. Aber nun sei selbst in unserer Mitte der unselige Fischötter in Gestalt eines scheinbar zufällig erlegten Wildes wieder auferstanden, und nun müssten wohl auch wir empfinden, dass unser Verkehr für alle Zeit zerstört sei. Nie wieder würden wir wie bisher in harmloser Fröhlichkeit beisammensitzen können, ohne mit ihm an das tote Tier und an den toten Herrn Fischötter mit den glasigen, gebrochenen Augen zu denken. – –

Wir wussten nichts darauf zu erwidern, wir fühlten, dass er wohl recht hatte und dass auch unsres Bleibens hier nicht mehr lange sein würde. So schüttelten wir ihm bewegt die Hand und sahen ihm nach, wie er müde und gebeugt durch den dunklen Wald davonschritt.

Wolfgang Borchert

Schischyphusch oder der Kellner meines Onkels

Dabei war mein Onkel natürlich kein Gastwirt. Aber er kannte einen Kellner. Dieser Kellner verfolgte meinen Onkel so intensiv mit seiner Treue und mit seiner Verehrung, dass wir immer sagten: Das ist sein Kellner. Oder: Ach so, sein Kellner.

Als sie sich kennenlernten, mein Onkel und der Kellner, war ich dabei. Ich war damals gerade so groß, dass ich die Nase auf den Tisch legen konnte. Das durfte ich aber nur, wenn sie sauber war. Und immer konnte sie natürlich nicht sauber sein. Meine Mutter war auch nicht viel älter. Etwas älter war sie wohl, aber wir waren beide noch so jung, dass wir uns ganz entsetzlich schämten, als der Onkel und der Kellner sich kennenlernten. Ja, meine Mutter und ich, wir waren dabei.

Mein Onkel natürlich auch, ebenso wie der Kellner, denn die beiden sollten sich ja kennenlernen und auf sie kam es an. Meine Mutter und ich waren nur als Statisten dabei und hinterher haben wir es bitter verwünscht, dass wir dabei waren, denn wir mussten uns wirklich sehr schämen, als die Bekanntschaft der beiden begann. Es kam dabei nämlich zu allerhand erschrecklichen Szenen mit Beschimpfung, Beschwerden, Gelächter und Geschrei. Und beinahe hätte es sogar eine Schlägerei gegeben. Dass mein Onkel einen Zungenfehler hatte, wäre beinahe der Anlass zu dieser Schlägerei geworden. Aber dass er einbeinig war, hat die Schlägerei dann schließlich doch verhindert.

Wir saßen also, wir drei, mein Onkel, meine Mutter und ich, an einem sonnigen Sommertag nachmittags in einem großen prächtigen bunten Gartenlokal. Um uns herum saßen noch ungefähr zwei- bis dreihundert andere Leute, die auch alle schwitzten. Hunde saßen unter den schattigen Tischen, und Bienen saßen auf den Kuchentellern. Oder kreisten um die Limonadengläser der Kinder. Es war so warm und so voll, dass die Kellner alle ganz beleidigte Gesichter hatten, als ob das alles nur stattfände aus Schikane. Endlich kam auch einer an unseren Tisch.

Mein Onkel hatte, wie ich schon sagte, einen Zungenfehler. Nicht bedeutend, aber immerhin deutlich genug. Er konnte kein s sprechen. Auch kein z oder tz. Er brachte das einfach nicht fertig. Immer wenn in einem Wort so ein harter s-Laut auftauchte, dann machte er ein weiches feuchtwässeriges sch daraus. Und dabei schob er die Lippen weit vor, dass sein Mund entfernte Ähnlichkeit mit einem Hühnerpopo bekam. Der Kellner stand also an unserem Tisch und wedelte mit seinem Taschentuch die Kuchenkrümel unserer Vorgänger von der Decke. (Erst viele Jahre später erfuhr ich, dass es nicht sein Taschentuch, sondern eine Art Serviette gewesen sein muss.) Er wedelte also damit und fragte kurzatmig und nervös:

»Bitte schehr? Schie wünschen?«

Mein Onkel, der keine alkoholarmen Getränke schätzte, sagte gewohnheitsmäßig:

»Alscho: Schwei Aschbach und für den Jungen Schelter oder Brausche. Oder wasch haben Schie schonscht?«

Der Kellner war sehr blass. Und dabei war es Hochsommer und er war doch Kellner in einem Gartenlokal. Aber vielleicht war er überarbeitet. Und plötzlich merkte ich, dass mein Onkel unter seiner blanken braunen Haut auch blass wurde. Nämlich als der Kellner die Bestellung der Sicherheit wegen wiederholte:

»Schehr wohl. Schwei Aschbach. Eine Brausche. Bitte schehr.«

Mein Onkel sah meine Mutter mit hochgezogenen Brauen an, als ob er etwas Dringendes von ihr wollte. Aber er wollte sich nur vergewissern, ob er noch auf dieser Welt sei. Dann sagte er mit einer Stimme, die an fernen Geschützdonner erinnerte:

»Schagen Schie mal, schind Schie wahnschinnig? Schie? Schie machen schich über mein Lischpeln luschtig? Wascl.?«

Der Kellner stand da und dann fing es an, an ihm zu zittern. Seine Hände zitterten. Seine Augendeckel. Seine Knie. Vor allem aber zitterte seine Stimme. Sie zitterte vor Schmerz und Wut und Fassungslosigkeit, als er sich jetzt Mühe gab, auch etwas geschützdonnerähnlich zu antworten:

»Esch ischt schamlosch von Schie, schich über mich schu amüschieren, taktlosch ischt dasch, bitte schehr.«

Nun zitterte alles an ihm. Seine Jackenzipfel. Seine pomadenverklebten Haarsträhnen. Seine Nasenflügel und seine sparsame Unterlippe.

An meinem Onkel zitterte nichts. Ich sah ihn ganz genau an: Absolut nichts. Ich bewunderte meinen Onkel. Aber als der Kellner ihn schamlos nannte, da stand mein Onkel doch wenigstens auf. Das heißt, er stand eigentlich gar nicht auf. Das wäre ihm mit seinem einen Bein viel zu umständlich und beschwerlich gewesen. Er blieb sitzen und stand dabei doch auf. Innerlich stand er auf. Und das genügte auch vollkommen. Der Kellner fühlte dieses innerliche Aufstehen meines Onkels wie einen Angriff und er wich zwei kurze zittrige unsichere Schritte zurück. Feindselig standen sie sich gegenüber. Obgleich mein Onkel saß. Wenn er wirklich aufgestanden wäre, hätte sich sehr wahrscheinlich der Kellner hingesetzt. Mein Onkel konnte es sich auch leisten, sitzen zu bleiben, denn er war noch im Sitzen ebenso groß wie der Kellner und ihre Köpfe waren auf gleicher Höhe.

So standen sie nun und sahen sich an. Beide mit einer zu kurzen Zunge, beide mit demselben Fehler. Aber jeder mit einem völlig anderen Schicksal.

Klein, verbittert, verarbeitet, zerfahren, fahrig, farblos, verängstigt, unterdrückt: der Kellner. Der kleine Kellner. Ein richtiger Kellner: verdrossen, stereotyp höflich, geruchlos, ohne Gesicht, nummeriert, verwaschen und trotzdem leicht schmuddelig. Ein kleiner Kellner. Zigarettenfingrig, servil, steril, glatt, gut gekämmt, blaurasiert, gelbgeärgert, mit leerer Hose hinten und dicken Taschen an der Seite, schiefen Absätzen und chronisch verschwitztem Kragen – der kleine Kellner.

Und mein Onkel? Ach, mein Onkel! Breit, braun, brummend, basskehlig, laut, lachend, lebendig, reich, riesig, ruhig, sicher, satt, saftig – mein Onkel!

Der kleine Kellner und mein großer Onkel. Verschieden wie ein Karrengaul vom Zeppelin. Aber beide kurzzungig. Beide mit demselben Fehler. Beide mit einem feuchten wässerigen weichen sch. Aber der Kellner ausgestoßen, getreten von seinem Zungenschicksal, bockig, eingeschüchtert, enttäuscht, einsam, bissig.

Und klein, ganz klein geworden. Tausendmal am Tag verspottet, an jedem Tisch belächelt, belacht, bemitleidet, begrinst, beschrien. Tausendmal an jedem Tag im Gartenlokal an jedem Tisch einen Zentimeter in sich hineingekrochen, geduckt, geschrumpft. Tausendmal am Tag bei jeder Bestellung an jedem Tisch, bei jedem »bitte schehr« kleiner, immer kleiner geworden. Die Zunge, gigantischer unförmiger Fleischlappen, die viel zu kurze Zunge, formlose zyklopische Fleischmasse, plumper unfähiger roter Muskelklumpen, diese Zunge hatte ihn zum Pygmäen erdrückt: kleiner, kleiner Kellner!

Und mein Onkel! Mit einer zu kurzen Zunge, aber: als hätte er sie nicht. Mein Onkel, selbst am lautesten lachend, wenn über ihn gelacht wurde. Mein Onkel, einbeinig, kolossal, slickzungig. Aber Apoll in jedem Zentimeter Körper und jedem Seelenatom. Autofahrer, Frauenfahrer, Herrenfahrer, Rennfahrer. Mein Onkel, Säufer, Sänger, Gewaltmensch, Witzereißer, Zotenflüsterer, Verführer, kurzzungiger sprühender, sprudelnder spuckender Anbeter von Frauen und Kognak. Mein Onkel, saufender Sieger, prothesenknarrend, breitgrinsend, mit viel zu kurzer Zunge, aber: als hätte er sie nicht!

So standen sie sich gegenüber. Mordbereit, todwund der eine, lachfertig, randvoll mit Gelächtereruptionen der andere. Ringsherum sechs- bis siebenhundert Augen und Ohren, Spazierläufer, Kaffeetrinker, Kuchenschleckerer, die den Auftritt mehr genossen als Bier und Brause und Bienenstich. Ach, und mittendrin meine Mutter und ich. Rotköpfig, schamhaft, tief in die Wäsche verkrochen. Und unsere Leiden waren erst am Anfang.

»Schuchen Schie schofort den Wirt, Schie aggreschiver Schpatsch, Schie. Ich will Schie lehren, Gäschte schu inschultieren.«

Mein Onkel sprach jetzt absichtlich so laut, dass den sechs- bis siebenhundert Ohren kein Wort entging. Der Asbach regte ihn in angenehmer Weise an. Er grinste vor Wonne über sein großes gutmütiges breites braunes Gesicht. Helle salzige Perlen kamen aus der Stirn und trudelten abwärts über die massiven Backenknochen. Aber der Kellner hielt alles an ihm für Bosheit, für Gemeinheit, für Beleidigung und Provokation. Er stand mit faltigen hohlen leise wehenden Wangen da und rührte sich nicht von der Stelle.

»Haben Schie Schand in den Gehörgängen? Schuchen Schie den Beschitscher, Schie beschoffener Schnapschvogel. Losch, oder haben Schie die Hosche voll, Schie mischgeschtalteter Schwerg?«

Da fasste der kleine kleine Pygmäe, der kleine slickzungige Kellner, sich ein großmütiges, gewaltiges, für uns alle und für ihn selbst überraschendes Herz. Er trat ganz nah an unsern Tisch, wedelte mit seinem Taschentuch über unsere Teller und knickte zu einer korrekten Kellnerverbeugung zusammen. Mit einer kleinen männlichen und entschlossen leisen Stimme, mit überwältigender zitternder Höflichkeit sagte er: »Bitte schehr!«, und setzte sich klein, kühn und kaltblütig auf den vierten freien Stuhl an unserem Tisch. Kaltblütig natürlich nur markiert. Denn in seinem tapferen kleinen Kellnerherzen flackerte die empörte Flamme der verachteten gescheuchten missgestalteten Kreatur. Er hatte auch nicht den Mut, meinen Onkel anzusehen. Er setzte sich nur so klein und sachlich hin und ich glaube, dass höchstens ein Achtel seines Gesäßes den Stuhl berührte. (Wenn er überhaupt mehr als ein Achtel besaß – vor lauter Bescheidenheit.) Er saß, sah vor sich hin auf die kaffeeübertropfte grauweiße Decke, zog seine dicke Brieftasche hervor und legte sie immerhin einigermaßen männlich auf den Tisch. Eine halbe Sekunde riskierte er einen kurzen Aufblick, ob er wohl zu weit gegangen sei mit dem Aufbumsen der Tasche, dann, als er sah, dass der Berg, mein Onkel nämlich, in seiner Trägheit verharrte, öffnete er die Tasche und nahm ein Stück pappartiges zusammengeknifftes Papier heraus, dessen Falten das typische Gelb eines oft benutzten Stück Papiers aufwiesen. Er klappte es wichtig auseinander, verkniff sich den Ausdruck von Beleidigtsein oder Rechthaberei und legte sachlich seinen kurzen abgenutzten Finger auf eine bestimmte Stelle des Stück Papiers. Dazu sagte er leise, eine Spur heiser und mit großen Atempausen:

»Bitte schehr. Wenn Schie schehen wollen. Schtellen Schie höflichscht schelbscht fescht. Mein Pasch. In Parisch gewesen. Barschelona. Oschnabrück, bitte schehr. Allesch ausch meinem Pasch schu erschehen. Und hier: Beschondere Kennscheichen: Narbe am linken Knie. (Vom Fußballspiel.) Und hier, und hier? Wasch ischt hier? Hier, bitte schehr: Schprachfehler scheit Geburt. Bitte schehr. Wie Schie schelbscht schehen!«

Das Leben war zu rabenmütterlich mit ihm umgegangen, als dass er jetzt den Mut gehabt hätte, seinen Triumph auszukosten und meinen Onkel herausfordernd anzusehen. Nein, er sah still und klein vor sich auf seinen vorgestreckten Finger und den bewiesenen Geburtsfehler und wartete geduldig auf den Bass meines Onkels.

Es dauerte lange, bis der kam. Und als er dann kam, war es so unerwartet, was er sagte, dass ich vor Schreck einen Schluckauf bekam. Mein Onkel ergriff plötzlich mit seinen klobigen viereckigen Tatmenschhänden die kleinen flatterigen Pfoten des Kellners und sagte mit der vitalen wütendkräftigen Gutmütigkeit und der tierhaft warmen Weichheit, die als primärer Wesenszug aller Riesen gilt: »Armesch kleinesch Luder! Schind schie schon scheit deiner Geburt hinter dir her und hetschen?«

Der Kellner schluckte. Dann nickte er. Nickte sechs-, siebenmal. Erlöst. Befriedigt. Stolz. Geborgen. Sprechen konnte er nicht. Er begriff nichts. Verstand und Sprache waren erstickt von zwei dicken Tränen. Sehen konnte er auch nicht, denn die zwei dicken Tränen schoben sich vor seine Pupillen wie zwei undurchsichtige allesversöhnende Vorhänge. Er begriff nichts. Aber sein Herz empfing diese Welle des Mitgefühls wie eine Wüste, die tausend Jahre auf einen Ozean gewartet hatte. Bis an sein Lebensende hätte er sich so überschwemmen lassen können! Bis an seinen Tod hätte er seine kleinen Hände in den Pranken meines Onkels verstecken mögen! Bis in die Ewigkeit hätte er das hören können, dieses: Armesch kleinesch Luder!

Aber meinem Onkel dauerte das alles schon zu lange. Er war Autofahrer. Auch wenn er im Lokal saß. Er ließ seine Stimme wie eine Artilleriesalve über das Gartenlokal hinwegdröhnen und donnerte irgendeinen erschrockenen Kellner an:

»Schie, Herr Ober! Acht Aschbach! Aber losch, schag ich Ihnen! Wasch? Nicht Ihr Revier? Bringen Schie schofort acht Aschbach oder tun Schie dasch nicht, wasch?«

Der fremde Kellner sah eingeschüchtert und verblüfft auf

meinen Onkel. Dann auf seinen Kollegen. Er hätte ihm gern von den Augen abgesehen (durch ein Zwinkern oder so), was das alles zu bedeuten hätte. Aber der kleine Kellner konnte seinen Kollegen kaum erkennen, so weit weg war er von allem, was Kellner, Kuchenteller, Kaffeetasse und Kollege hieß, weit weit weg davon.

Dann standen acht Asbach auf dem Tisch. Vier Gläser davon musste der fremde Kellner gleich wieder mitnehmen, sie waren leer, ehe er einmal geatmet hatte. »Laschen Schie dasch da nochmal vollllaufen!«, befahl mein Onkel und wühlte in den Innentaschen seiner Jacke. Dann pfiff er eine Parabel durch die Luft und legte nun seinerseits seine dicke Brieftasche neben die seines neuen Freundes. Er fummelte endlich eine zerknickte Karte heraus und legte seinen Mittelfinger, der die Maße eines Kinderarms hatte, auf einen bestimmten Teil der Karte.

»Schiehscht du, dummesch Häschchen, hier schtehtsch: Beinamputiert und Unterkieferschusch. Kriegschverletschung.« Und während er das sagte, zeigte er mit der anderen Hand auf die Narbe, die sich unterm Kinn versteckt hielt.

»Die Öösch haben mir einfach ein Schtück von der Schungenschpitsche abgeschoschen. In Frankreich damalsch.«

Der Kellner nickte.

»Noch bösche?«, fragte mein Onkel.

Der Kellner schüttelte schnell den Kopf hin und her, als wollte er etwas ganz Unmögliches abwehren.

»Ich dachte nur schuerscht, Schie wollten mich utschen.«

Erschüttert über seinen Irrtum in der Menschenkenntnis wackelte er mit dem Kopf immer wieder von links nach rechts und wieder zurück.

Und nun schien es mit einmal, als ob er alle Tragik seines Schicksals damit abgeschüttelt hätte. Die beiden Tränen, die sich nun in den Hohlheiten seines Gesichtes verliefen, nahmen alle Qual seines bisherigen verspotteten Daseins mit. Sein neuer Lebensabschnitt, den er an der Riesentatze meines Onkels betrat, begann mit einem kleinen aufstoßenden Lacher, einem Gelächterchen, zage, scheu, aber von einem unverkennbaren Asbachgestank begleitet.

Und mein Onkel, dieser Onkel, der sich auf einem Bein, mit zerschossener Zunge und einem bärigen bassstimmigen Humor durch das Leben lachte, dieser mein Onkel war nun so unglaublich selig, dass er endlich endlich lachen konnte. Er war schon bronzefarben angelaufen, dass ich fürchtete, er müsse jede Minute platzen. Und sein Lachen lachte los, unbändig, explodierte, polterte, juchte, gongte, gurgelte – lachte los, als ob er ein Riesensaurier wäre, dem diese Urweltlaute entrülpsten. Das erste kleine neuprobierte Menschlachen des Kellners, des neuen kleinen Kellnermenschen, war dagegen wie das schüttere Gehüstel eines erkälteten Ziegenbabys. Ich griff angstvoll nach der Hand meiner Mutter. Nicht dass ich Angst vor meinem Onkel gehabt hätte, aber ich hatte doch eine tiefe tierische Angstwitterung vor den acht Asbachs, die in meinem Onkel brodelten. Die Hand meiner Mutter war eiskalt. Alles Blut hatte ihren Körper verlassen, um den Kopf zu einem grellen plakatenen Symbol der Schamhaftigkeit und des bürgerlichen Anstandes zu machen. Keine Vierländer Tomate konnte ein röteres Rot ausstrahlen. Meine Mutter leuchtete. Klatschmohn war blass gegen sie. Ich rutschte tief von meinem Stuhl unter den Tisch. Siebenhundert Augen waren rund und riesig um uns herum. Oh, wie wir uns schämten, meine Mutter und ich.

Der kleine Kellner, der unter dem heißen Alkoholatem meines Onkels ein neuer Mensch geworden war, schien den ersten Teil seines neuen Lebens gleich mit einer ganzen Ziegenmeckerlachepoche beginnen zu wollen. Er mähte, bähte, gnuckte und gnickerte wie eine ganze Lämmerherde auf einmal. Und als die beiden Männer nun noch vier zusätzliche Asbachs über ihre kurzen Zungen schütteten, wurden aus den Lämmern, aus den rosigen dünnstimmigen zarten schüchternen kleinen Kellnerlämmern, ganz gewaltige hölzern meckernde steinalte weißbärtige blechscheppernde blödblökende Böcke.

Diese Verwandlung vom kleinen giftigen tauben verkniffenen Bitterling zum andauernd, fortdauernd meckernden schenkelschlagenden geckernden blechern blökenden Ziegenbockmenschen war selbst meinem Onkel etwas ungewöhnlich. Sein Lachen vergluckerte langsam wie ein absaufender Felsen. Er wischte sich mit dem Ärmel die Tränen aus dem braunen breiten Gesicht und glotzte mit asbachblanken sturerstaunten Augen auf den unter Lachstößen bebenden weißbejackten Kellnerzwerg. Um uns herum feixten siebenhundert Gesichter. Siebenhundert Augen glaubten, dass sie nicht richtig sahen. Siebenhundert Zwerchfelle schmerzten. Die, die am weitesten ab saßen, standen erregt auf, um sich ja nichts entgehen zu lassen. Es war, als ob der Kellner sich vorgenommen hatte, fortan als ein riesenhafter boshaft bähender Bock sein Leben fortzusetzen. Neuerdings, nachdem er wie aufgezogen einige Minuten in seinem eigenen Gelächter untergegangen war, neuerdings bemühte er sich erfolgreich, zwischen den Lachsalven, die wie ein blechernes Maschinengewehr aus seinem runden Mund perlten, kurze schrille Schreie auszustoßen. Es gelang ihm, so viel Luft zwischen dem Gelächter einzusparen, dass er nun diese Schreie in die Luft wiehern konnte.

»Schischyphusch!«, schrie er und patschte sich gegen die nasse Stirn. »Schischyphusch! Schiiischyyyphuuusch!« Er hielt sich mit beiden Händen an der Tischplatte fest und wieherte: »Schischyphusch!« Als er fast zwei Dutzend Mal gewiehert hatte, dieses »Schischyphusch« aus voller Kehle gewiehert hatte, wurde meinem Onkel das Schischyphuschen zu viel. Er zerknitterte dem unaufhörlich wiehernden Kellner mit einem einzigen Griff das gestärkte Hemd, schlug mit der anderen Faust auf den Tisch, dass zwölf leere Gläser an zu springen fingen, und donnerte ihn an: »Schlusch! Schlusch, schag ich jetscht. Wasch scholl dasch mit dieschem blödschinnigen schaudummen Schischyphusch? Schlusch jetscht, verschtehscht du!« Der Griff und der gedonnerte Bass meines Onkels machten aus dem schischyphuschschreienden Ziegenbock im selben Augenblick wieder den kleinen lispelnden armseligen Kellner.

Er stand auf. Er stand auf, als ob es der größte Irrtum seines Lebens gewesen wäre, dass er sich hingesetzt hatte. Er fuhr sich mit dem Serviettentuch durch das Gesicht und räumte Lachtränen, Schweißtropfen, Asbach und Gelächter wie etwas hinweg, das fluchwürdig und frevelhaft war. Er war aber so betrunken, dass er alles für einen Traum hielt, die Pöbelei am Anfang, das Mitleid und die Freundschaft meines Onkels. Er wusste nicht: Hab ich nun eben Schischyphusch geschrien? Oder nicht? Hab ich schechsch Aschbach gekippt, ich, der Kellner dieschesch Lokalsch, mitten unter den Gäschten? Ich? Er war unsicher. Und für alle Fälle machte er eine abgehackte kleine Verbeugung und flüsterte: »Verscheihung!« Und dann verbeugte er sich noch einmal: »Verscheihung. Ja, verscheihen Schie dasch Schischyphuschgeschrei. Bitte schehr. Verscheihen der Herr, wenn ich schu laut war, aber der Aschbach, Schie wischen ja schelbscht, wenn man nichtsch gegeschen hat, auf leeren Magen. Bitte schehr darum. Schischyphusch war nämlich mein Schpitschname. Ja, in der Schule schon. Die gansche Klasche nannte mich scho. Schie wischen wohl, Schischyphusch, dasch war der Mann in der Hölle, diesche alte Schage, wischen Schie, der Mann im Hadesch, der arme Schünder, der einen groschen Felschen auf einen rieschigen Berg raufschieben schollte, eh, muschte, ja, dasch war der Schischyphusch, wischen Schie wohl. In der Schule muschte ich dasch immer schagen, immer diesch Schischphusch. Und allesch hat dann gepuschtet vor Lachen, können Schie schich denken, werter Herr. Allesch hat dann gelacht, wischen Schie, schintemalen ich doch die schu kursche Schungenschpitsche beschitsche. Scho kam esch, dasch ich schpäter überall Schischphusch geheischen wurde und gehänschelt wurde, schehen Schie. Und dasch, verscheihen, kam mir beim Aschbach nun scho insch Gedächtnisch, alsch ich scho geschrien habe, verschtehen. Verscheihen Schie, ich bitte schehr, verscheihen Schie, wenn ich Schie beläschtigt haben schollte, bitte schehr.«

Er verstummte. Seine Serviette war indessen unzählige Male von einer Hand in die andere gewandert. Dann sah er auf meinen Onkel.

Jetzt war der es, der still am Tisch saß und vor sich hin auf die Tischdecke sah. Er wagte nicht, den Kellner anzusehen. Mein Onkel, mein bärischer bulliger riesiger Onkel wagte nicht, aufzusehen und den Blick dieses kleinen verlegenen Kellners zu erwidern. Und die beiden dicken Tränen, die saßen nun in seinen Augen. Aber das sah keiner außer mir. Und ich sah es auch nur, weil ich so klein war, dass ich ihm von unten her ins Gesicht sehen konnte. Er schob dem still abwartenden Kellner einen mächtigen Geldschein hin, winkte ungeduldig ab, als der ihm zurückgeben wollte, und stand auf, ohne jemanden anzusehen.

Der Kellner brachte noch zaghaft einen Satz an: »Die Aschbach wollte ich wohl gern beschahlt haben, bitte schehr.«

Dabei hatte er den Schein schon in seine Tasche gesteckt, als erwarte er keine Antwort und keinen Einspruch. Es hatte auch keiner den Satz gehört und seine Großzügigkeit fiel lautlos auf den harten Kies des Gartenlokals und wurde da später gleichgültig zertreten. Mein Onkel nahm seinen Stock, wir standen auf, meine Mutter stützte meinen Onkel und wir gingen langsam auf die Straße zu. Keiner von uns dreien sah auf den Kellner. Meine Mutter und ich nicht, weil wir uns schämten. Mein Onkel nicht, weil er die beiden Tränen in den Augen sitzen hatte. Vielleicht schämte er sich auch, dieser Onkel. Langsam kamen wir auf den Ausgang zu, der Stock meines Onkels knirschte hässlich auf dem Gartenkies, und das war das einzige Geräusch im Augenblick, denn die drei- bis vierhundert Gesichter an den Tischen waren stumm und glotzäugig auf unseren Abgang konzentriert.

Und plötzlich tat mir der kleine Kellner leid. Als wir am Ausgang des Gartens um die Ecke biegen wollten, sah ich mich schnell noch einmal nach ihm um. Er stand noch immer an unserem Tisch. Sein weißes Serviettentuch hing bis auf die Erde. Er schien mir noch viel viel kleiner geworden zu sein. So klein stand er da und ich liebte ihn plötzlich, als ich ihn so verlassen hinter uns herblicken sah, so klein, so grau, so leer, so hoffnungslos, so arm, so kalt und so grenzenlos allein! Ach, wie klein! Er tat mir so unendlich leid, dass ich meinen Onkel an die Hand tippte, aufgeregt, und leise sagte: »Ich glaube, jetzt weint er.«

Mein Onkel blieb stehen. Er sah mich an und ich konnte die beiden dicken Tropfen in seinen Augen ganz deutlich erkennen. Noch einmal sagte ich, ohne genau zu verstehen, warum ich es eigentlich tat: »Oh, er weint. Kuck mal, er weint.«

Da ließ mein Onkel den Arm meiner Mutter los, humpelte schnell und schwer zwei Schritte zurück, riss seinen Krückstock wie ein Schwert hoch und stach damit in den Himmel und brüllte mit der ganzen großartigen Kraft seines gewaltigen Körpers und seiner Kehle:

»Schischyphusch! Schischyphusch! Hörscht du? Auf Wiederschehen, alter Schischyphusch! Bisch nächschten Schonntag, dummesch Luder! Wiederschehen!«

Die beiden dicken Tränen wurden von den Falten, die sich jetzt über sein gutes braunes Gesicht zogen, zu nichts zerdrückt. Es waren Lachfalten und er hatte das ganze Gesicht voll davon. Noch einmal fegte er mit seinem Krückstock über den Himmel, als wollte er die Sonne herunterraken, und noch einmal donnerte er sein Riesenlachen über die Tische des Gartenlokals hin: »Schischyphusch! Schischyphusch!«

Und Schischyphusch, der kleine graue arme Kellner, wachte aus seinem Tod auf, hob seine Serviette und fuhr damit auf und ab wie ein wildgewordener Fensterputzer. Er wischte die ganze graue Welt, alle Gartenlokale der Welt, alle Kellner und alle Zungenfehler der Welt mit seinem Winken endgültig und für immer weg aus seinem Leben. Und er schrie schrill und überglücklich zurück, wobei er sich auf die Zehen stellte und ohne sein Fensterputzen zu unterbrechen:

»Ich verschtehe! Bitte schehr! Am Schonntag! Ja, Wiederschehen! Am Schonntag, bitte schehr!«

Dann bogen wir um die Ecke. Mein Onkel griff wieder nach dem Arm meiner Mutter und sagte leise: »Ich weisch, esch war schicher entschetschlich für euch. Aber wasch scholltte ich andersch tun, schag schelbst. Scho'n dummer Hasche. Läuft nun schein ganschesch Leben mit scho einem garschtigen Schungenfehler herum. Armesch Luder dasch!«

Hermann Hesse

Der Primus und das Glück des Verbummelns

So müssen Sommerferien sein! Über den Bergen ein enzian-
blauer Himmel, wochenlang ein strahlend heißer Tag am andern, nur zuweilen ein heftiges, kurzes Gewitter. Der Fluss,
obwohl er seinen Weg durch so viel Sandsteinfelsen und Tan-
nenschatten und enge Täler hat, war so erwärmt, dass man
noch spät am Abend baden konnte. Rings um das Städtchen
her war Heu- und Öhmdgeruch, die schmalen Bänder der paar
Kornäcker wurden gelb und goldbraun, an den Bächen geilten
mannshoch die weißblühenden, schierlingartigen Pflanzen,
deren Blüten schirmförmig und stets von winzigen Käfern be-
deckt sind und aus deren hohlen Stengeln man Flöten und
Pfeifen schneiden kann. An den Waldrändern prunkten lange
Reihen von wolligen, gelbblühenden, majestätischen Königs-
kerzen, Weiderich und Weidenröschen wiegten sich auf ihren
schlanken, zähen Stielen und bedeckten ganze Abhänge mit
ihrem violetten Rot. Innen unter den Tannen stand ernst und
schön und fremdartig der hohe, steile rote Fingerhut mit den
silberwolligen breiten Wurzelblättern, dem starken Stengel
und den hochaufgereihten, schönroten Kelchblüten. Daneben
die vielerlei Pilze: der rote, leuchtende Fliegenschwamm, der
fette, breite Steinpilz, der abenteuerliche Bocksbart, der rote,
vielästige Korallenpilz; und der sonderbar farblose, kränklich
feiste Fichtenspargel. Auf den vielen heidigen Rainen zwischen Wald und Wiese flammte brandgelb der zähe Ginster,
dann kamen lange, lilarote Bänder von Erika, dann die Wiesen
selber, zumeist schon vor dem zweiten Schnitte stehend, von
Schaumkraut, Lichtnelken, Salbei, Skabiosen farbig überwu-
chert. Im Laubwald sangen die Buchfinken ohne Aufhören, im
Tannenwald rannten fuchsrote Eichhörnchen durch die Wip-

fel, an Rainen, Mauern und trockenen Gräben atmeten und schimmerten grüne Eidechsen wohlig in der Wärme, und über die Wiesen hin läuteten endlos die hohen, schmetternden, nie ermüdenden Zikadenlieder.

Die Stadt machte um diese Zeit einen sehr bäuerlichen Eindruck; Heuwagen, Heugeruch und Sensendengeln erfüllte die Straßen und Lüfte; wenn nicht die zwei Fabriken gewesen wären, hätte man geglaubt, in einem Dorf zu sein.

Früh am Morgen des ersten Ferientages stand Hans schon ungeduldig in der Küche und wartete auf den Kaffee, als die alte Anna noch kaum aufgestanden war. Er half Feuer machen, holte Brot vom Becken, stürzte schnell den mit frischer Milch gekühlten Kaffee hinunter, steckte Brot in die Tasche und lief davon. Am oberen Bahndamm machte er halt, zog eine runde Blechschachtel aus der Hosentasche und begann, fleißig Heuschrecken zu fangen. Die Eisenbahn lief vorüber – nicht im Sturm, denn die Linie steigt dort gewaltig, sondern schön behaglich, mit lauter offenen Fenstern und wenig Passagieren, eine lange, fröhliche Fahne von Rauch und Dampf hinter sich flattern lassend. Er sah ihr nach und sah zu, wie der weißliche Rauch verwirbelte und sich bald in die sonnigen, frühklaren Lüfte verlor. Wie lang hatte er das alles nicht gesehen! Er tat große Atemzüge, als wollte er die verlorene schöne Zeit nun doppelt einholen und noch einmal recht ungeniert und sorgenlos ein kleiner Knabe sein.

Das Herz klopfte ihm vor heimlicher Wonne und Jägerlust, als er mit der Heuschreckenschachtel und dem neuen Angelstock über die Brücke und hinten durch die Gärten zum Gaulsgumpen, der tiefsten Stelle des Flusses, schritt. Dort war ein Platz, wo man, an einen Weidenstamm gelehnt, bequemer und ungestörter fischen konnte als sonst irgendwo. Er wickelte die Schnur ab, tat ein kleines Schrotkorn daran, spießte erbarmungslos eine feiste Heuschrecke auf den Haken und

schleuderte die Angel mit weitem Schwung gegen die Fuß-
mitte. Das alte, wohlbekannte Spiel begann: Die kleinen Ble-
cken schwärmten in ganzen Scharen um den Köder und versuchten, ihn vom Haken zu zerren. Bald war er weggefressen,
eine zweite Heuschrecke kam an die Reihe, und noch eine,
und eine vierte und fünfte. Immer vorsichtiger befestigte er
sie am Haken, schließlich beschwerte er die Schnur mit einem
weiteren Schrotkorn, und nun probierte der erste ordentliche
Fisch den Köder. Er zerrte ein wenig daran, ließ ihn wieder los,
probierte nochmals. Nun biß er an – das spürt ein guter Angler
durch Schnur und Stock hindurch in den Fingern zucken!
Hans tat einen künstlichen Ruck und begann ganz vorsichtig
zu ziehen. Der Fisch saß, und als er sichtbar wurde, erkannte
Hans ein Rotauge. Man kennt sie gleich am breiten, weißgelb-
lich schimmernden Leib, am dreieckigen Kopf und namentlich
an dem schönen, fleischroten Ansatz der Bauchflossen. Wie
schwer mochte er wohl sein? Aber ehe er es schätzen konnte, tat
der Fisch einen verzweifelten Schlag, wirbelte angstvoll über
die Wasserfläche und entkam. Man sah ihn noch, wie er sich
drei-, viermal im Wasser umdrehte und dann wie ein silberner
Blitz in die Tiefe verschwand. Er hatte schlecht gebissen.

In dem Angler war nun die Aufregung und leidenschaftliche Aufmerksamkeit der Jagd erwacht. Sein Blick hing scharf
und unverwandt an der dünnen braunen Schnur, da, wo sie
das Wasser berührte, seine Backen waren gerötet, seine Bewegungen knapp, rasch und sicher. Ein zweites Rotauge biß an
und kam heraus, dann ein kleiner Karpfen, für den es fast schade war, dann hintereinander drei Kresser. Die Kresser freuten
ihn besonders, da der Vater sie gerne aß. Sie haben einen fetten, kleinschuppigen Leib, dicken Kopf mit drolligem weißem
Bart, kleine Augen und einen schlanken Hinterleib. Die Farbe
ist zwischen Grün und Braun und spielt, wenn der Fisch ans
Land kommt, ins Stahlblaue.

Inzwischen war die Sonne hochgestiegen, der Schaum am obern Wehr leuchtete schneeweiß, über dem Wasser zitterte die warme Luft, und wenn man aufblickte, sah man über dem Muckberg ein paar handgroße, blendende Wölkchen stehen. Es wurde heiß. Nichts bringt die Wärme eines reinen Hochsommertages so zum Ausdruck wie die paar ruhigen kleinen Wölkchen, die still und weiß in halber Höhe der Bläue stehen und so mit Licht gefüllt und durchtränkt sind, daß man sie nicht lange ansehen kann. Ohne sie würde man oft gar nicht merken, wie heiß es ist, nicht am blauen Himmel noch am Glitzern des Flußspiegels, aber sobald man die paar schaumweißen, festgeballten Mittagssegler sieht, spürt man plötzlich die Sonne brennen, sucht den Schatten und fährt sich mit der Hand über die feuchte Stirne.

Hans achtete allmählich weniger streng auf die Angel. Er war ein wenig müde, und sowieso pflegt man gegen Mittag fast nichts zu fangen. Die Weißfische, auch die ältesten und größten, kommen um diese Zeit nach oben, um sich zu sonnen. Sie schwimmen träumerisch in großen dunklen Zügen flußaufwärts, dicht an der Oberfläche, erschrecken zuweilen plötzlich ohne sichtbare Ursache und gehen in diesen Stunden an keine Angel.

Er ließ die Schnur über einen Zweig der Weide hinweg ins Wasser hängen, setzte sich auf den Boden und schaute auf den grünen Fluß. Langsam kamen die Fische nach oben, ein dunkler Rücken um den andern erschien auf der Fläche – stille, langsam schwimmende, von der Wärme emporgelockte und bezauberte Züge. Denen konnte im warmen Wasser wohl sein! Hans zog die Stiefel aus und ließ die Füße ins Wasser hängen, das an der Oberfläche ganz lau war. Er betrachtete die gefangenen Fische, die in einer großen Gießkanne schwammen und nur hin und wieder leise plätscherten. Wie schön sie waren! Weiß, Braun, Grün, Silber, Mattgold, Blau und andere Farben glänzten bei jeder Bewegung an den Schuppen und Flossen.

Es war sehr still. Kaum hörte man das Geräusch der über die Brücke fahrenden Wagen, auch das Klappern der Mühle war hier nur noch ganz schwach vernehmbar. Nur das stetige milde Rauschen des weißen Wehrs klang ruhig, kühl und schläfernd herab und an den Floßpfählen der leise, quirlende Laut des ziehenden Wassers.

Griechisch und Latein, Grammatik und Stilistik, Rechnen und Memorieren und der ganze folternde Trubel eines langen, ruhelosen, gehetzten Jahres sanken still in der schläfernd warmen Stunde unter. Hans hatte ein wenig Kopfweh, aber nicht so stark wie sonst, und nun konnte er ja wieder am Wasser sitzen, sah den Schaum am Wehr zerstäuben, blinzelte nach der Angelschnur, und neben ihm schwammen in der Kanne die gefangenen Fische. Das war so köstlich. Zwischendurch fiel ihm plötzlich ein, daß er das Landexamen bestanden habe und Zweiter geworden sei, da klatschte er mit den nackten Füßen ins Wasser, steckte beide Hände in die Hosentaschen und fing an, eine Melodie zu pfeifen. Richtig und eigentlich pfeifen konnte er zwar nicht, das war ein alter Kummer und hatte ihm von den Schulkameraden schon Spott genug eingetragen. Er konnte es nur durch die Zähne und nur leise, aber für den Hausgebrauch genügte das, und jetzt konnte ihn ja keiner hören. Die andern saßen jetzt in der Schule und hatten Geographie, nur er allein war frei und entlassen. Er hatte sie überholt, sie standen jetzt unter ihm. Sie hatten ihn genug geplagt, weil er außer August keine Freundschaften und an ihren Raufereien und Spielen keine rechte Freude gehabt hatte. So, nun konnten sie ihm nachsehen, die Dackel, die Dickköpfe. Er verachtete sie so sehr, daß er einen Augenblick zu pfeifen aufhörte, um den Mund zu verziehen. Dann rollte er seine Schnur auf und mußte lachen, denn es war auch keine Faser vom Köder mehr am Haken. Die in der Schachtel übriggebliebenen Heuschrecken wurden freigelassen und krochen betäubt und unlustig ins kurze Gras. Nebenan in der Rotgerberei wurde schon Mittag gemacht; es war Zeit, zum Essen zu gehen.

Am Mittagstisch wurde kaum ein Wort gesprochen.

»Hast was gefangen?« fragte der Papa.

»Fünf Stück.«

»Ei so? Na, paß nur auf, daß du den Alten nicht fangst, sonst gibt's nachher keine Jungen mehr.«

Weiter gedieh keine Unterhaltung. Es war so warm. Und es war so schade, daß man nicht gleich nach dem Essen ins Bad durfte. Warum eigentlich? Es sei schädlich! Hat sich was mit schädlich; Hans wußte das besser, er war trotz des Verbots oft genug gegangen. Aber jetzt nimmer, er war für Unarten doch schon zu erwachsen. Herr Gott, im Examen hatte man »Sie« zu ihm gesagt!

Schließlich war es auch gar nicht schlecht, eine Stunde im Garten unter der Rottanne zu liegen. Schatten gab es genug, und man konnte lesen oder den Schmetterlingen zusehen. So lag er denn dort bis zwei Uhr, und wenig fehlte, so wäre er eingeschlafen. Aber jetzt ins Bad! Nur ein paar kleine Buben waren auf der Badwiese, die größern saßen alle in der Schule, und Hans gönnte es ihnen von Herzen. Schön langsam zog er die Kleider ab und stieg ins Wasser. Er verstand es, Wärme und Kühlung wechselnd zu genießen; bald schwamm er ein Stück und tauchte und plätscherte, bald lag er bäuchlings am Ufer und fühlte auf der schnell trocknenden Haut die Sonne glühen. Die kleinen Buben schlichen respektvoll um ihn her. Jawohl, er war eine Berühmtheit geworden. Und er sah auch so anders aus als die übrigen. Auf dem dünnen, gebräunten Halse saß frei und elegant der feine Kopf mit dem geistigen Gesicht und den überlegenen Augen. Im übrigen war er sehr mager, schmalgliedrig und zart, auf Brust und Rücken konnte man ihm die Rippen zählen, und Waden hatte er fast gar keine.

Fast den ganzen Nachmittag trieb er sich zwischen Sonne und Wasser hin und her. Nach vier Uhr kamen die meisten von seiner Klasse eilig und lärmend dahergelaufen.

»Oha, Giebenrath! Du hast's jetzt gut.«

Er streckte sich behaglich. »'s geht an, ja.«

»Wann mußt du ins Seminar?«

»Erst im September. Jetzt ist Vakanz.«

Er ließ sich beneiden. Es berührte ihn nicht einmal, als im Hintergrund Gespött laut wurde und einer den Vers sang:

Wenn i's no au so hätt,
Wie's Schulze Lisabeth!
Die leit bei Dag im Bett,
So han i's net.

Er lachte nur. Inzwischen entkleideten sich die Buben. Der eine sprang frischweg ins Wasser, andere kühlten sich erst vorsichtig ab, manche legten sich vorher noch ein wenig ins Gras. Ein guter Taucher wurde bewundert. Ein Angstpeter wurde hinterrücks ins Wasser gestoßen und schrie Mordio. Man jagte einander, lief und schwamm, spritzte die Trockenbader am Lande. Das Geplätscher und Geschrei war groß, und die ganze Flußbreite glänzte von hellen, nassen, blanken Leibern.

Nach einer Stunde ging Hans fort. Es kamen die warmen Abendstunden, wo die Fische wieder beißen. Bis zum Abendessen angelte er auf der Brücke und fing so gut wie gar nichts. Die Fische waren gierig hinter der Angel her, jeden Augenblick war der Köder weggefressen, aber nichts blieb hängen. Er hatte Kirschen am Haken, offenbar waren sie zu groß und zu weich. Er beschloß, später noch einen Versuch zu machen.

Beim Abendessen erfuhr er, es sei eine Menge von Bekannten zum Gratulieren dagewesen. Und man zeigte ihm das heutige Wochenblatt, da stand unter dem »Amtlichen« eine Notiz:

»An die Aufnahmeprüfung zum niederen theologischen Seminar hat unsre Stadt diesmal nur einen Kandidaten, Hans Giebenrath, geschickt. Zu unsrer Freude erfahren wir soeben, daß derselbe die Prüfung als Zweiter bestanden hat.«

Er faltete das Blatt zusammen, steckte es in die Tasche und sagte nichts, war aber zum Zerspringen voll von Stolz und Jubel. Nachher ging er wieder zum Fischen. Als Köder nahm er diesmal ein paar Stückchen Käse mit; der schmeckt den Fischen und kann in der Dämmerung gut von ihnen gesehen werden.

Die Rute ließ er stehen und nahm nur eine ganz einfache Handangel mit. Das war ihm das liebste Fischen: die Schnur ohne Stock und ohne Schwimmer in der Hand zu halten, so daß die ganze Angel nur aus Leine und Haken bestand. Es war etwas mühsamer, aber viel lustiger. Man beherrschte dabei jede geringste Bewegung des Köders, spürte jedes Probieren und Anbeißen und konnte im Zucken der Leine die Fische beobachten, wie wenn man sie vor sich sähe. Freilich diese Art zu fischen will verstanden sein, man muß geschickte Finger haben und aufpassen wie ein Spion.

In dem engen, tief eingeschnittenen und gewundenen Flußtal kam die Dämmerung früh. Das Wasser lag schwarz und still unter der Brücke, in der untern Mühle war schon Licht. Geplauder und Gesang lief über Brücken und Gassen, die Luft war ein wenig schwül, und im Flusse sprang alle Augenblicke ein dunkler Fisch mit kurzem Schlag in die Höhe. An solchen Abenden sind die Fische merkwürdig erregt, schießen im Zickzack hin und her, schnellen sich in die Luft, stoßen sich an der Angelschnur und stürzen sich blindlings auf den Köder. Als das letzte Stückchen Käse verbraucht war, hatte Hans vier kleinere Karpfen herausgezogen; die wollte er morgen dem Stadtpfarrer bringen. Ein warmer Wind lief talabwärts. Es dunkelte stark, aber der Himmel war noch licht. Aus dem ganzen dunkelnden Städtchen stieg nur der Kirchturm und das Schloßdach schwarz und scharf in die helle Höhe. Ganz in der Ferne mußte es irgendwo gewittern, man hörte zuweilen ein sanftes, weit entferntes Donnern. Als Hans um zehn Uhr in sein Bett stieg, war er in Kopf und Gliedern so angenehm müde und schläfrig wie schon lange nicht mehr. Eine lange Reihe schöner, freier Sommertage lag beruhigend und verlockend vor ihm, Tage zum Verbummeln, Verbaden, Verangeln, Verträumen. Bloß das eine wurmte ihn, daß er nicht vollends Erster geworden war.

Katherine Mansfield

Miss Brill

Obwohl es so strahlend schön war – der blaue Himmel wie mit
Gold bestäubt und große Lichtflecken wie Weißwein über die
Jardins Publiques versprüht – war Miss Brill froh, dass sie sich
zu ihrem Pelz entschlossen hatte. Die Luft war reglos, aber
wenn man den Mund öffnete, spürte man eine leichte Kühle
wie die Kühle von einem Glas Eiswasser, bevor man trinkt,
und gelegentlich kam ein Blatt angeflattert – irgendwoher vom
Himmel. Miss Brill hob die Hand und betastete ihren Pelz.
Liebes, kleines Kerlchen! Wie schön, ihn wieder umzuhaben.
Sie hatte ihn nachmittags aus der Schachtel genommen, das
Mottenpulver herausgeschüttelt, ihn tüchtig gebürstet und
wieder Leben in die trüben, kleinen Augen hineinpoliert.
»Was ist mit mir geschehen?«, sagten die traurigen, kleinen
Augen. Ach, es war rührend zu sehen, wie sie sie wieder an-
blitzten auf der roten Daunendecke! … Aber die Nase, die aus
einem schwärzlichen Material bestand, war gar nicht mehr
fest. Sie musste irgendwie einen Stoß abbekommen haben.
Macht nichts – ein Tupfer schwarzer Siegellack, wenn der Zeit-
punkt kam – wenn es unbedingt nötig war … Kleiner Raudi!
Ja, so kam er ihr wirklich vor. Ein kleiner Raudi, der sich direkt
neben ihrem linken Ohr in den Schwanz biss. Sie hätte ihn ab-
nehmen und auf den Schoß legen und streicheln können. Sie
spürte ein Prickeln in Händen und Armen, aber das kam ver-
mutlich vom Laufen. Und wenn sie atmete, schien sich etwas
Leichtes und Trauriges – nein, eigentlich nicht Trauriges, eher
Sanftes – in ihrer Brust zu bewegen.

Heute Nachmittag waren allerlei Leute unterwegs, viel
mehr als am letzten Sonntag. Und die Kapelle klang lauter und
lebhafter. Das machte der Saisonbeginn. Denn obwohl die Ka-

pelle das ganze Jahr hindurch jeden Sonntag spielte, war es außerhalb der Saison doch nicht dasselbe. Eher so, als spiele jemand vor und nur die Familie höre zu; es kam nicht darauf an, wie man spielte, wenn keine Fremden dabei waren. Trug der Dirigent nicht auch einen neuen Frack? Sie war sicher, der Frack war neu. Der Dirigent kratzte mit dem Fuß und schlug mit den Armen wie ein Hahn, der krähen will, und die Musiker in der grünen Rotunde bliesen die Backen auf und sahen starr auf ihre Noten. Jetzt kam ein kleines Flötenstückchen – sehr hübsch! –, eine kleine Kette heiterer Noten. Das würde bestimmt wiederholt. Na bitte; sie hob den Kopf und lächelte.

Auf ihrer »Spezial«-Bank saßen heute nur zwei Leute: ein gutaussehender alter Mann in einem Samtmantel, die Hände über einem riesigen, geschnitzten Handstock gefaltet, und eine dicke, alte Frau, die mit einem Strickzeug auf ihrer gestickten Schürze aufrecht dasaß. Sie sprachen kein Wort miteinander. Das war enttäuschend, denn Miss Brill freute sich immer besonders auf die Unterhaltung. Sie fand, sie hatte ausgesprochenes Talent entwickelt, zuzuhören, als höre sie gar nicht zu, ein Weilchen in anderer Leute Leben zu sitzen, während sie sich rund um sie her unterhielten.

Sie sah das Ehepaar von der Seite an. Vielleicht gingen sie ja bald. Letzten Sonntag war es auch nicht so interessant gewesen wie sonst. Ein Engländer und seine Frau, er mit einem grässlichen Panamahut, sie in Knopfstiefeln. Und sie hatte ihm in den Ohren gelegen, dass sie eine Brille brauche; sie müsse unbedingt eine Brille tragen; aber es habe gar keinen Zweck, sich eine machen zu lassen; sie ginge sowieso kaputt, und sitzen würde sie auch nicht. Und er war so geduldig gewesen. Er hatte alles versucht – Goldbügel, die man hinters Ohr klemmt, kleine Polster unterm Brillensteg. Nein, nichts war ihr recht gewesen. »Sie wird mir trotzdem immer von der Nase rutschen!« Miss Brill hätte sie schütteln können.

Die alten Leute saßen auf der Bank, stumm wie Statuen. Nun ja, sie konnte sich immer noch an die Passanten halten. Vor den Blumenbeeten und vor der Musikrotunde promenierten Paare und Gruppen auf und ab, blieben stehen, um sich zu unterhalten, sich zu begrüßen oder ein Blumensträußchen von dem alten Bettler zu kaufen, der seinen Teller am Geländer befestigt hatte. Kleine Kinder liefen dazwischen herum, jagten sich und lachten; kleine Jungen mit großen, weißen Seidenschleifen unterm Kinn; kleine Mädchen – kleine französische Puppen – in Samt und Spitzen herausgeputzt. Und manchmal stolperte ein winziger Steppke auf unsicheren Beinchen unter den Bäumen daher, blieb stehen, guckte und saß »plumps« auf seinem Hosenboden, bis ihm seine junge, hochhackige Mutter schimpfend wie eine junge Henne zu Hilfe kam. Andere Leute saßen auf den Bänken und den grünen Stühlen, doch waren es fast immer dieselben, Sonntag für Sonntag und – wie Miss Brill häufig bemerkt hatte – hatten sie beinahe alle etwas Schrulliges. Sie waren wunderlich, schweigsam, fast alle alt, und wie sie so vor sich hinstarrten, sahen sie aus, als seien sie gerade aus dunklen, kleinen Kammern hervorgekommen oder sogar – sogar aus Schränken!

Hinter der Rotunde die schlanken Bäume mit den gelben, tiefhängenden Blättern, durch die ein schmaler Streifen Meer schimmerte, und dahinter der blaue Himmel mit goldgeäderten Wolken.

»Dum-dum-dum didel-dum! didel-dum! dum didelidum dum da!«, blies die Kapelle.

Zwei junge Mädchen in Rot kamen vorbei, und zwei junge Soldaten in Blau kamen ihnen entgegen, und sie lachten, fanden sich paarweise und gingen Arm in Arm davon. Zwei Bauersfrauen mit komischen Strohhüten schritten gemessen vorbei und führten wunderschöne rauchfarbene Esel am Zügel. Eine verfrorene, blasse Nonne huschte vorbei. Eine schöne

Frau kam daher und ließ ihren Veilchenstrauß fallen, und ein kleiner Junge lief und hob ihn ihr auf, und sie nahm ihn entgegen und warf ihn fort, als sei er vergiftet. Du liebe Güte! Miss Brill wusste nicht, ob sie es bewundern sollte oder nicht. Und nun trafen sich direkt vor ihr eine Hermelinkappe und ein Herr in Grau. Er war groß, steif, würdig, und sie trug die Hermelinkappe, die sie gekauft hatte, als ihr Haar noch blond gewesen war. Jetzt hatte alles, ihr Haar, ihr Gesicht, sogar ihre Augen, dieselbe Farbe wie der schäbige Hermelin, und die Hand in dem gereinigten Handschuh, die sie graziös an die Lippen hob, glich einer winzigen, gelblichen Pfote. Ach, sie war so erfreut, ihn zu sehen – entzückt! Sie hatte im Stillen schon geahnt, dass sie ihn heute Nachmittag treffen würde. Sie beschrieb, wo sie gewesen war – überall, hier und dort, sogar am Meer. Der Tag war so herrlich – fand er nicht auch? Und ob er nicht vielleicht? … Aber er schüttelte den Kopf, zündete sich eine Zigarette an, zog daran und blies ihr langsam eine dicke Rauchwolke ins Gesicht; und während sie noch redete und lachte, schnipste er das Streichholz fort und ging weiter. Die Hermelinkappe war allein; sie lächelte strahlender als zuvor. Doch selbst die Kapelle schien zu ahnen, wie ihr zumute war, und spielte leiser, spielte zärtlicher, und die Trommel schlug: »Der Schuft! Der Schuft!«, immer wieder. Was sie wohl tun würde? Was jetzt wohl geschah? Doch während Miss Brill sich noch darüber den Kopf zerbrach, drehte sich die Hermelinkappe um, hob die Hand, als habe sie dort drüben jemand anderes, viel Netteres entdeckt, und trippelte davon. Und die Kapelle wechselte den Rhythmus und spielte schneller, flotter als zuvor, und das alte Ehepaar auf Miss Brills Bank stand auf und marschierte davon, und ein urkomisches altes Männchen mit langem Schnurrbart hoppelte im Takt der Musik vorbei und wurde beinahe von vier nebeneinandergehenden Mädchen umgerannt.

Ach, wie aufregend das alles war! Wie sie alles genoss! Wie gern sie hier saß und zusah! Es war wie im Theater. Wer hätte behaupten können, der Himmel im Hintergrund sei keine gemalte Kulisse? Doch erst als ein kleiner, brauner Hund feierlich dahergetrottet kam und langsam wieder davontrottete, ganz wie ein kleiner »Theater«-Hund, ein kleiner Hund, dem man etwas eingegeben hatte, ging Miss Brill auf, was daran so aufregend war. Sie waren alle auf der Bühne. Sie waren nicht nur Publikum, nicht nur Zuschauer; sondern auch Schauspieler. Selbst sie hatte eine Rolle und kam jeden Sonntag. Ganz bestimmt wäre es jemandem aufgefallen, wenn sie nicht da gewesen wäre; sie gehörte schließlich zur Vorstellung. Dass sie darauf nicht früher gekommen war! Denn es erklärte doch, warum sie solchen Wert darauf legte, jede Woche um genau dieselbe Zeit zu Hause aufzubrechen – damit sie die Vorstellung nicht verpasste – und es erklärte auch, warum sie sich scheute, sich schämte, ihren Englischschülern zu erzählen, wie sie ihre Sonntagnachmittage verbrachte. Kein Wunder! Miss Brill hätte beinahe laut aufgelacht. Sie stand auf der Bühne. Ihr fiel der alte, gebrechliche Herr ein, dem sie viermal pro Woche nachmittags die Zeitung vorlas, während er im Garten schlief. Sie hatte sich inzwischen an den greisenhaften Kopf auf dem Leinenkissen gewöhnt, an die tiefliegenden Augen, den offenen Mund und die spitze, vorspringende Nase. Er hätte tot sein können, und sie hätte es vielleicht wochenlang nicht gemerkt; es hätte ihr nichts ausgemacht. Plötzlich erfuhr er, dass ihm die Zeitung von einer Schauspielerin vorgelesen wurde! »Eine Schauspielerin!« Der Greisenkopf hob sich; zwei Lichtfünkchen zitterten in den alten Augen. »Schauspielerin sind Sie – so!« Und Miss Brill glättete die Zeitung, als sei sie das Drehbuch ihrer Rolle, und sagte bescheiden: »Ja, ich bin schon lange Schauspielerin.«

Die Kapelle hatte eine Pause gemacht. Jetzt setzte sie wieder ein. Und was sie spielte, klang warm, sonnig, doch spürte man eine leichte Kühle – irgendetwas, was war es? – nicht Traurigkeit – nein, nicht Traurigkeit – irgendetwas, so dass man Lust bekam, mitzusingen. Die Melodie schwang sich auf, stieg hoch und immer höher, das Licht leuchtete; und es kam Miss Brill vor, als würden im nächsten Augenblick alle, das ganze Ensemble, anfangen zu singen. Die jungen Leute, die lachend gemeinsam dahinzogen, würden beginnen, und die Männerstimmen, fest und unerschrocken, würden einfallen. Und dann sie, sie auch, und die andern auf den Bänken – sie würden eine Art Begleitmelodie dazu singen – etwas tiefer, ohne großes Auf und Ab, aber so schön, so ergreifend … Und Miss Brills Augen füllten sich mit Tränen, und lächelnd sah sie all die anderen Mitglieder des Ensembles an. Ja, wir verstehen, wir verstehen, dachte sie, obwohl – was sie verstanden, wusste sie auch nicht.

In dem Augenblick kamen ein Junge und ein Mädchen und setzten sich auf den Platz, wo vorher das alte Ehepaar gesessen hatte. Sie waren wunderschön angezogen; sie waren verliebt. Der Held und die Heldin, natürlich, gerade zurück von der väterlichen Jacht. Und immer noch lautlos singend, immer noch mit dem zitternden Lächeln richtete sich Miss Brill darauf ein, zuzuhören.

»Nein, nicht jetzt«, sagte das Mädchen. »Nicht hier, das geht nicht.«

»Aber warum? Doch nicht wegen der dämlichen Alten da drüben?«, fragte der Junge. »Was will sie hier eigentlich – wer legt Wert auf sie? Warum bleibt sie nicht zu Hause mit ihrer albernen, alten Visage?«

»Ihr Pe-Pelz ist so urkomisch«, kicherte das Mädchen. »Er sieht aus wie ein gebratener Schellfisch.«

»Mach, dass du wegkommst!«, sagte der Junge in erbostem Flüsterton. Dann: »Sag, *ma petite chère –*«

»Nein, nicht hier«, sagte das Mädchen. »*Noch* nicht.«

Auf dem Nachhauseweg kaufte sie meist eine Scheibe Honigkuchen beim Bäcker. Etwas, was sie sich nur sonntags gönnte. Manchmal steckte eine Mandel in der Scheibe, manchmal nicht. Es machte sehr viel aus. Wenn eine Mandel darin war, hatte sie das Gefühl, sie bringe ein kleines Geschenk mit nach Hause – eine Überraschung – etwas, was ebenso gut nicht hätte da sein können. Sie beeilte sich an den Mandelsonntagen und riss geradezu verwegen das Streichholz für den Kessel an.

Aber heute ging sie am Bäcker vorbei, stieg die Stufen hoch, betrat ihr kleines, dunkles Zimmer – ihr schrankähnliches Zimmer – und setzte sich auf die rote Daunendecke. Sie blieb lange dort sitzen. Die Schachtel, aus der sie den Pelz genommen hatte, stand auf dem Bett. Rasch öffnete sie das Pelzkrägelchen, rasch, ohne hinzusehen, legte sie es hinein. Aber als sie den Deckel schloss, meinte sie, sie höre etwas weinen.

Joachim Ringelnatz

Steine am Meer

Eine schöne Freude am Strand ist mir das: mit dem Blick nach unten über die Millionen von Steinen und Steinchen zu wandern, zu steigen, zu kriechen. Um in ihrer mannigfaltigen Masse Formenwunder und Farbenwunder zu entdecken. Um Anregendes, Aufregendes, Seltsames zu finden oder auch etwas, womit mein Ehrgeiz meinen Strandbekannten aufwarten kann.

Ich finde immer etwas. Erfreulicherweise am wenigsten das, was leider auch ich suche, wie außer mir viele Menschen, Dinge von Geldwert oder Sammelwert. Zum Beispiel den Bernstein.

Aber ich finde sonsterlei. Selbstverständlich die bekannten, immer ähnlich sich wiederholenden Steinformen. Die Kugel, das Ei, der Pilz. Oder die dünne, runde Scheibe, die man flach über das Wasser wirft, um sich daran zu ergötzen, wie sie, am Wasser abprallend, noch mehrere anmutige Sprünge macht. Oder der Donnerkeil, um den so unklare Sagen ziehn. Neben der billigen Kartoffel hebe ich anderes Essbare auf. Als läge das meinem Interesse am nächsten. Gurke, Käse oder Käsescheibe, Wurststücke, Früchte. Ebenso auffallend häufig zeigen sich Tierähnlichkeiten. Vögel, Hunde, Robbe, Fisch, Säugetiere, Nagetiere, alle Tiere.

Ein Würfel, ein Kobold, orthopädische Modelle, ein Medaillon, ein Napoleon, ein Hammer. Ein anderer Stein, der mir wieder entgleitet und an einem härteren zerschellt, ist nun eine Urne mit Deckel. Ich spähe weiter: ein Magengeschwür, wie ich es einmal in Spiritus sah, dann etwas, was ich nicht nennen darf, dann ein Knochen. Ein rührendes Stück Madonna, eine Nase, verschiedene Nasen. Meine eigene Nase fand ich noch nicht.

Dafür ragen am Meeresufer abwechselnd im Trockenen oder im Wasser gigantische Felsblöcke, wertvolle Quader aus der Unzahl von kleinen und kleinsten Geschwistern empor und reden genauso wie diese von Ureltern, Kampf und Geschichte. Ich darf sie nicht aufheben. Es ist verboten. (Ich schreibe dies 1929 auf der Insel Hiddensee.) Sie werden als Küstenschutz heiliggehalten. Und sind auch zu schwer.

Ich beschäftige mich lieber mit den kleinen Gebilden, von denen die See täglich Tausende ausspült und gelegentlich viele wieder abholt. Das heißt, eigentlich von den Außenseitern darunter. Deren Gestaltung, deren Gesichter und Fratzen geben ebenso der Phantasie wie dem Humor endlos zu denken. Was sie zeigen, ist angedeutet oder deutlich. Man kann ihre Ähnlichkeit mit Dingen oder Wesen leicht verstärken. Ein Tintenstrich, ein aufgetuschtes Punktauge kann genügen, um eine mystische, antike Plastik oder eine arktische Landschaft nachweisbar entdeckt zu haben.

Aber ich suche keine Kunstwerke, auch keine geologischen oder petrographischen, überhaupt keine wissenschaftlichen Aufklärungen. Ich gebe mich spielerisch den Eindrücken hin, die aus dieser stummen Steinwelt zu mir kommen. Und ich will von ihnen nicht belehrt werden, sondern in ihnen träumen und ahnen.

Es macht mir nichts aus, dass ich manchmal ob dieser Liebhaberei belächelt werde. Ich komme mir selber wie ein Kind vor, wenn ich nicht müde werde, so im Steingeröll zu forschen. Ich bilde mir dann rührsam ein, schon als kleines Kind so gespielt zu haben. Aber dass das Täuschung ist, merke ich, wenn ich heute die kleinen Kinder beobachte, die dort um mich herum mit Steinen spielen.

Ich habe doch seit meiner Kindheit so viel gelernt, erlebt

und erfahren. Ich weiß heute zu erklären. Ich kann logisch folgern und deuten. Und doch – meine ich – bewegt mich vor diesen Steinen auch heute noch ein Staunen, ein Bangen, ein Sehnen wie damals.

Isabel Allende

Die Zeit der Geister

In einem Alter, in welchem die meisten Kinder noch in Windeln auf allen vieren kriechen, geifern und unzusammenhängendes Geplapper von sich geben, wirkte Blanca wie eine vernunftbegabte Zwergin, die stolpernd, aber auf ihren zwei Beinen ging und dank der Methode ihrer Mutter, sie wie eine Erwachsene zu behandeln, korrekt sprach und selbständig aß. Sie hatte alle ihre Zähne und fing eben an, die Schränke aufzumachen, um ihren Inhalt zu durchstöbern, als die Familie beschloß, den Sommer auf den Drei Marien zu verbringen, die Clara nur aus Erzählungen kannte. Bei einem Kind in Blancas Alter ist die Neugier noch stärker ausgeprägt als der Überlebenstrieb, so daß Férula ständig hinter dem Kind her war, damit es nicht aus dem zweiten Stock sprang oder in die Backröhre kroch oder die Seife verschluckte. Sie hielt es für gefährlich und strapaziös, mit dem Kind aufs Land zu gehen, und überdies für nutzlos, da Esteban allein auf den Drei Marien zurechtkommen konnte, während die Frauen in der Hauptstadt das zivilisierte Leben genossen. Aber Clara war begeistert. Sie fand das Landleben romantisch, weil sie nie einen Stall von innen gesehen hatte, wie Férula sagte. Über zwei Wochen war die Familie mit den Reisevorbereitungen beschäftigt, das Haus füllte sich mit Truhen, Reisekörben, Koffern. Ein Sonderwagen im Zug wurde gemietet, damit man reisen konnte mit all dem unglaublich vielen Gepäck, den zwei von Férula als unerläßlich erachteten Dienstboten, den Käfigen mit den Vögeln, die Clara nicht allein lassen wollte, den Schachteln mit den Spielsachen von Blanca, mechanischen Hampelmännern, Tonfigürchen, Stofftieren und Puppen mit echtem Haar und beweglichen Gliedern, die ihrerseits mit ihren Kleidern, Wagen und Eßgeschirren reisten. Als Esteban diese ratlose und aufgeregte Menschenmenge und diesen Berg von Gepäckstücken sah, fühlte er sich zum erstenmal in seinem Leben geschlagen, besonders, als er unter dem Gepäck einen lebensgroßen heiligen Antonius mit Schielaugen und Sandalen aus gepunztem Leder entdeckte. Angesichts des Chaos bereute er seinen Entschluß, seine Frau und sein Kind aufs Land mitzunehmen, und fragte sich, wie es möglich war, daß er mit zwei Koffern rund um die Welt reisen konnte, die Frauen hingegen diese Riesenfracht an Gepäckstücken und diesen Hofstaat von Dienstboten brauchten, die mit dem Zweck der Reise nicht das mindeste zu tun hatten.

In San Lucas mieteten sie drei Wagen, und so kamen sie auf den Drei Marien an, in eine Staubwolke gehüllt, wie die Zigeuner. Im Gutshof hatten sich alle Hintersassen zu ihrer Begrüßung versammelt, an ihrer Spitze Pedro Segundo García, der Verwalter. Sie waren sprachlos, als sie diesen Wanderzirkus erblickten. Unter Férulas Befehlen begannen sie die Wagen abzuladen und die Sachen ins Haus zu bringen. Niemand beachtete den kleinen Jungen, der ungefähr in Blancas Alter war, nackt und rotznäsig, mit einem von Parasiten aufgeblähten Bauch und schönen schwarzen Augen, die weise blickten wie die eines alten Mannes. Es war der Sohn des Verwalters und hieß, damit man seinen Namen von dem seines Vaters und Großvaters unterscheiden konnte, Pedro Tercero García.

Während alle vollauf damit beschäftigt waren, sich zu installieren, das Haus zu besichtigen, in den Obstgarten hineinzuriechen, jedermann zu begrüßen, dem heiligen Antonius seinen Altar aufzubauen und die Hühner aus den Betten und die Mäuse aus den Kleiderschränken zu scheuchen, zog sich Blanca die Kleider aus und sprang nackt mit Pedro Tercero herum. Sie spielten zwischen dem Gepäck, krochen unter die Möbel, gaben sich speichelnasse Küsse, kauten dasselbe Brot, schluckten denselben Rotz und beschmierten sich mit derselben Kacke, bis sie schließlich unter dem Eßtisch einschliefen. Dort fand sie Clara um zehn Uhr nachts. Stundenlang hatte man mit Fackeln nach ihnen gesucht, waren die Hintersassen in kleinen Trupps die Flußufer, die Kornspeicher, die Weiden und die Ställe abgegangen, hatte Férula auf Knien zum heiligen Antonius gebetet, Esteban bis zur Erschöpfung ihre Namen gerufen und Clara umsonst ihre hellseherischen Kräfte aufgeboten. Als sie die beiden fanden, lag der Junge ausgestreckt auf dem Boden, und Blanca, eng an ihn geschmiegt, hatte den Kopf auf den Bauch ihres neuen Freundes gelegt. In derselben Stellung wurden sie Jahre später zu beider Unglück überrascht, und ihr Leben reichte nicht aus, es zu büßen.

Vom ersten Tag an begriff Clara, daß es auf den Drei Marien einen Platz für sie gab. In ihre Lebensnotizhefte schrieb sie, sie habe das Gefühl, endlich eine Aufgabe in dieser Welt gefunden zu haben. Die Ziegelhäuser, die Schule, das reichliche Essen beeindruckten sie nicht, weil ihre Fähigkeit, das Unsichtbare zu sehen, ihr rasch das Mißtrauen, die Furcht und den Groll der Landarbeiter entdeckte und sie aus dem Gewisper, das verstummte, sobald sie den Kopf drehte, einiges über den Charakter und die Vergangenheit ihres Mannes erfuhr. Allerdings, der Patron hatte sich verändert. Alle konnten feststellen, daß er nicht mehr in den Farolito Rojo ging, daß Schluß war mit den Saufabenden, den Hahnenkämpfen, den Wetten, den Wutausbrüchen und vor allem mit der schlechten Angewohnheit, die Mädchen in den Feldern umzulegen. Sie schrieben es Clara zu. Aber auch sie veränderte sich. Von einem Tag auf den andern schüttelte sie ihre Verträumtheit ab, hörte auf, alles sehr hübsch zu finden, und schien auch von dem Laster, mit unsichtbaren Wesen zu sprechen und mit übernatürlichen Mitteln Möbel zu verrücken, geheilt zu sein. Bei Tagesanbruch stand sie mit ihrem Mann auf, gemeinsam und fertig angezogen frühstückten sie. Dann ging Esteban die Feldarbeiten überwachen, und Férula übernahm das Haus, die Dienstboten aus der Stadt, die sich an die Unbequemlichkeit des Landlebens und die Fliegen nicht gewöhnen konnten, und Blanca. Clara teilte ihre Zeit zwischen der Schneiderwerkstatt, dem Kramladen und der Schule auf, ihrem Hauptquartier, wo sie mit probaten Mitteln gegen die Krätze und mit Paraffin gegen die Läuse vorging, die Kinder in die Geheimnisse der Fibel einweihte und ihnen das Lied von der Milchkuh, die keine gewöhnliche Kuh war, beibrachte und die Frauen lehrte, die Milch abzukochen, Durchfall zu kurieren und Wäsche zu bleichen. Abends, ehe die Männer vom Feld zurückkamen, versammelte Férula die Frauen und Kinder des Guts zum Rosenkranzbeten. Sie kamen mehr aus Gefälligkeit denn aus Frömmigkeit und gaben somit der Ledigen Gelegenheit, sich der alten Zeiten in ihren Armensiedlungen zu erinnern. Clara wartete, bis ihre Schwägerin die mystischen Litaneien, Vaterunser und Avemarias beendet hatte, und nutzte dann die Versammlung, um die Losungen zu wiederholen, die sie von ihrer Mutter gehört hatte, als diese sich in ihrer Gegenwart an die Gitter des Kongresses angekettet hatte. Freundlich und verschämt hörten die Frauen ihr zu, aus dem gleichen Grund, aus dem sie mit Férula beteten: um die Gutsherrin nicht zu verärgern. Aber deren flammende Sätze waren für sie dummes Geschwätz. »Wer hat je gesehen, daß ein Mann die eigene Frau nicht schlagen darf; wenn er sie nicht schlägt, liebt er sie nicht mehr oder er ist kein Mann; wo hat man je gesehen, daß das, was der Mann verdient oder die Erde gibt oder das Huhn legt, beiden gemeinsam gehört, wo doch der Mann der ist, der befiehlt; wo hat man je gesehen, daß eine Frau das gleiche tun kann wie ein Mann, wo sie doch mit einem Loch im Bauch und ohne Hoden geboren wird, Doña Clarita, oder nicht?« sagten sie. Clara war verzweifelt. Sie stießen sich an und lächelten verlegen mit ihren zahnlosen Mündern und den vielen Falten um ihre Augen, gegerbt von der Sonne und dem harten Leben. Sie wußten im voraus, daß ihre Männer sie verprügeln würden, kämen sie auch nur flüchtig auf den Gedanken, die Ratschläge der Gutsherrin in die Praxis umzusetzen. Zu Recht, übrigens, wie auch Férula fand. Es dauerte nicht lange, bis Esteban von diesem zweiten Teil der Betveranstaltungen Wind bekam. Er wurde wütend. Es war das erste Mal, daß Clara seinen Zorn erregte, und das erste Mal, daß sie einen seiner berühmten Jähzornausbrüche erlebte. Esteban brüllte wie ein Wahnsinniger, während er mit großen Schritten durchs Eßzimmer ging und auf die Möbel einschlug. Wenn Clara glaube, sie könne den Weg fortsetzen, den ihre Mutter gegangen war, donnerte er, würde sie schon sehen, daß er Manns genug sei, ihr die Hosen herunterzuziehen und ihr eine Tracht Prügel zu verabreichen, damit ihr die verdammte Lust verginge, vor den Leuten Reden zu schwingen. Ein für allemal verbiete er ihr diese Versammlungen, sei es zum Beten oder zu anderen Zwecken, er sei kein Hampelmann und lasse nicht zu, daß seine Frau ihn lächerlich mache. Clara ließ ihn schreien und gegen die Möbel schlagen, bis er müde war, dann fragte sie ihn, zerstreut wie immer, ob er mit den Ohren wackeln könne.

Die Ferien zogen sich in die Länge, und die Versammlungen wurden in der Schule fortgesetzt. Der Sommer war zu Ende, der Herbst überzog das Land mit goldenem Feuer. Die Landschaft veränderte sich. Die ersten kalten Tage kamen, der Regen, der Schmutz auf allen Wegen, ohne daß Clara den Wunsch zu erkennen gab, in die Hauptstadt zurückzukehren, ungeachtet des fortgesetzten Drängens von Férula, die das Land haßte. Im Sommer hatte sie sich über die heißen Abende und die Fliegen beklagt, über den Sandboden im Patio, der das Haus verstaubte, »als ob wir in einem Bergwerkstollen hausten!«, über das schmutzige Badewasser, das sich durch die Duftsalze in eine chinesische Suppe verwandelte, über die fliegenden Kakerlaken, die zwischen die Bettücher krochen, die Wanderwege der Mäuse und Ameisen, die Spinnen, die frühmorgens im Wasserglas auf dem Nachttisch zappelten, die unverschämten Hühner, die ihr die Eier in die Schuhe legten und auf die frische Wäsche kackten. Als das Wetter umschlug, hatte sie neues Ungemach zu beklagen, den Matsch auf dem Hof, die kürzer werdenden Tage, um fünf werde es dunkel und man könne nichts mehr tun, als der langen, einsamen Nacht ins Auge zu sehen, den Wind und die Erkältungen, die sie mit Eukalyptusumschlägen bekämpfte, ohne verhindern zu können, daß einer den andern ansteckte. Sie habe es satt, sagte sie, gegen die Elemente zu kämpfen und keine andere Zerstreuung zu haben, als Blanca wachsen zu sehen, und Blanca, sagte sie, sehe wie eine Menschenfresserin aus, wenn sie mit diesem dreckigen Knirps spiele, diesem Pedro Tercero, es sei doch die Höhe, sagte sie, daß das Kind keine Spielgefährten aus der eigenen Gesellschaftsklasse habe, sie gewöhne sich Unsitten an, laufe mit dreckstarrenden Backen und Blutkrusten am Knie herum, »hör dir an, wie sie spricht, wie eine India, ich habe es satt, ihr die Läuse aus dem Haar zu suchen und sie gegen Krätze mit Methylenblau einzupinseln«. Aber auch murrend behielt sie ihre steife Würde bei, den unwandelbaren Knoten, die gestärkten Blusen, den Schlüsselbund am Gürtel. Sie schwitzte nie, kratzte sich nie und verlor nie das feine Aroma von Lavendel und Zitrone. Niemand hätte gedacht, daß irgendetwas sie je um ihre Selbstbeherrschung bringen könnte, bis zu dem Tag, an dem sie einen Juckreiz am Rücken verspürte, der so stark war, daß sie nicht umhin konnte, sich verstohlen zu kratzen, aber es half nicht. Zuletzt ging sie ins Bad und zog das Korsett aus, das sie auch an den Tagen härtester Arbeit trug. Als sich die Bänder lösten, fiel eine betäubte Maus heraus, die den ganzen Vormittag über eingeschnürt gewesen war und vergebens versucht hatte, zwischen den harten Korsettstangen und dem zusammengepreßten Fleisch der Trägerin einen Ausgang zu finden. Férula bekam den ersten Nervenzusammenbruch ihres Lebens. Auf ihr Geschrei hin liefen alle zusammen und fanden sie totenbleich und halbnackt in der Badewanne stehen, brüllend wie eine Wahnsinnige und mit bebendem Zeigefinger auf das kleine Nagetier deutend, das zappelnd auf die Beine zu kommen und einen sicheren Ort zu erreichen versuchte. Esteban sagte, das seien die Wechseljahre, man solle nichts darauf geben. Auch ihr zweiter Anfall wurde übergangen. Es war an Estebans Geburtstag. Ein sonniger Sonntagmorgen brach an, und im Haus herrschte Hochbetrieb, weil man zum erstenmal seit den vergessenen Tagen, in denen Doña Ester ein junges Mädchen war, auf den Drei Marien wieder ein Fest gab. Verwandte und Freunde waren eingeladen, die mit dem Zug aus der Hauptstadt anreisten, dazu alle Gutsbesitzer der Gegend und die Würdenträger des Dorfs. Eine Woche lang wurde der Festschmaus vorbereitet: eine halbe Kuh, im Patio gebraten, Nierenpasteten, Hühnereintopf, Maisgerichte, Manjar-blanco-Torte und Lucumas und die besten Weine aus eigener Ernte. Mittags trafen die ersten Gäste ein, im Wagen oder zu Pferde, und das große Lehmziegelhaus füllte sich mit Schwatzen und Lachen. Férula entzog sich der Gesellschaft für einen Augenblick, um auf die Toilette zu gehen, eine jener riesigen Toiletten des Hauses, in denen das Klo wie in einer Wüste aus weißen Kacheln mitten im Raum stand. Auf diesem einsamen Thron saß sie, als die Tür aufging und einer der Gäste, kein Geringerer als der Bürgermeister des Dorfs, eintrat und sich, leicht beschwipst vom Aperitif, den Hosenschlitz aufknöpfte. Verwirrt und überrascht vom Anblick der Señorita, erstarrte er, und als er zu reagieren vermochte, fiel ihm nichts Besseres ein, als mit einem schiefen Lächeln den Raum zu durchqueren, die Hand auszustrecken und sie mit einem artigen Diener zu begrüßen:

»Zorobabel Blanco Jamasmié, zu Ihren Diensten«, stellte er sich vor.

»Mein Gott! Unter diesen Hinterwäldlern kann man doch nicht leben! Bleibt ihr, wenn ihr wollt, in diesem Fegefeuer der Zivilisation, ich fahre zurück in die Stadt, ich will wie ein Christenmensch leben, wie ich immer gelebt habe«, rief Férula aus, als sie über den Vorfall sprechen konnte, und brach in Tränen aus. Aber sie fuhr nicht. Sie wollte sich nicht von Clara trennen, sie war an einem Punkt angelangt, wo sie selbst die Luft anbetete, die Clara atmete, und obgleich sie keine Gelegenheit mehr hatte, Clara zu baden oder bei ihr zu schlafen, versuchte sie ihr doch an tausend kleinen Dingen ihre Zärtlichkeit zu beweisen. Diese strenge, sich und anderen gegenüber so unbeugsame Frau konnte mit Clara, manchmal auch, durch Übertragung, mit Blanca, zart und heiter sein. Nur Clara gegenüber erlaubte sie sich den Luxus, ihrem übermächtigen Wunsch, zu dienen und geliebt zu werden, nachzugeben, ihr gegenüber konnte sie, und sei es unterschwellig, ihre geheimsten und zartesten Sehnsüchte äußern. In den langen Jahren der Einsamkeit und Traurigkeit hatte sie ihre Emotionen gefiltert und ihre Gefühle geläutert, sie reduzierend auf einige wenige großartige Leidenschaften, die sie ganz ausfüllten. Anwandlungen kleinlichen Grolls, versteckten Neides, Werke der Nächstenliebe, farblose Freundlichkeiten, liebenswürdige Höflichkeit oder tägliche Rücksichtnahme waren ihre Sache nicht. Sie war geschaffen für die große, einzige Liebe, den maßlosen Haß, die apokalyptische Rache, das erhabene Heldentum, aber es blieb ihr versagt, ihr Schicksal nach dem Maßstab ihrer romantischen Berufung zu verwirklichen. Das Leben, in welchem diese große, üppige, für die Mutterschaft, ein tätiges Dasein und brennende Liebe geschaffene Frau sich verzehrt hatte, war flach und grau zwischen den vier Wänden eines Krankenzimmers, in elenden Armensiedlungen und schrulligen Beichten verlaufen. Sie war damals etwa vierzig Jahre alt. Dank ihrer prachtvollen Rasse und ihrer fernen maurischen Vorfahren war ihre Haut noch glatt, das Haar schwarz und seidig, bis auf eine weiße Strähne, die ihr in die Stirn fiel, ihr Körper stark und schlank und ihr Gang federnd wie der eines gesunden Menschen, aber die Trostlosigkeit ihres Lebens ließ sie älter erscheinen. Ich habe eine Photographie Férulas aus diesen Jahren gesehen, aufgenommen bei einem Geburtstag Blancas, ein altes, verblaßtes, sepiabraunes Photo, auf dem sie jedoch deutlich zu sehen ist. Sie war eine königliche Matrone, aber mit einem bitteren Zug im Gesicht, der ihre Tragödie ahnen läßt. Wahrscheinlich waren die mit Clara verbrachten Jahre ihre einzigen glücklichen gewesen, denn nur mit Clara konnte sie sich geben, wie sie war. Clara war der Mensch, dem sie ihre subtilsten Seelenregungen anvertraute, ihr konnte sie ihre grenzenlose Fähigkeit zu Selbstaufopferung und Bewunderung beweisen. Einmal fand sie den Mut, es ihr zu sagen, und Clara schrieb in eines ihrer Lebensnotizhefte, daß Férula sie weit mehr liebe, als sie es verdiene oder ihr vergelten könne. Dieser maßlosen Liebe wegen wollte Férula die Drei Marien nicht verlassen, nicht einmal als die Ameisenplage hereinbrach, die als ein Sausen auf den Weiden begann, als ein bedrohlicher Schatten, der rasch dahinglitt und alles, Mais, Korn, Äpfel und Maravilla, verschlang. Man übergoß sie mit Benzin und zündete es an, doch sie erschienen mit neuem Schwung. Die Bäume wurden mit ungelöschtem Kalk bestrichen, aber sie krochen die Stämme hoch, ohne innezuhalten, und verschonten nicht Birnen noch Äpfel noch Orangen, sie fielen in den Gemüsegarten ein und räumten mit den Melonen auf, sie liefen in die Molkerei, und am Morgen war die Milch sauer und voll winziger Leichen, sie krabbelten in die Hühnerställe und fraßen die Küken lebendigen Leibes, klägliche Häufchen Federn und Knöchelchen als Abfall hinterlassend. Sie legten im

Haus ihre Wege an, krochen durch die Wasserrohre, bemächtigten sich der Speisekammer, alles, was gekocht wurde, mußte sofort gegessen werden, denn stand es ein paar Minuten auf dem Tisch, kamen sie in Prozessionen und verschlangen es. Pedro Segundo García bekämpfte sie mit Wasser und mit Feuer, er vergrub mit Bienenhonig getränkte Schwämme, damit sie, vom Süßen angelockt, zusammenliefen und er sie bequem erledigen konnte, aber alles war vergebens. Esteban Trueba ging ins Dorf und kam beladen mit Pestiziden aller bekannten Firmen, in Pulverform, flüssig und in Tabletten, zurück und verstreute so viel davon nach allen Seiten, daß man kein Gemüse mehr essen konnte, weil man Bauchweh davon bekam. Die Ameisen kamen wieder, vermehrten sich, wurden von Tag zu Tag dreister und entschlossener. Esteban ging zum zweitenmal nach San Lucas und gab ein Telegramm in die Hauptstadt auf. Drei Tage später entstieg Mister Brown dem Zug, ein zwergenhafter Gringo mit einem geheimnisvollen Koffer, den Esteban als Agrartechniker und Fachmann für Insektizide vorstellte. Nachdem er sich mit einem Krug Bowle erfrischt hatte, öffnete er auf dem Tisch seinen Koffer. Er entnahm ihm ein Arsenal nie gesehener Instrumente, dann fing er eine Ameise und betrachtete sie eingehend unter dem Mikroskop.

»Warum schauen Sie sie so an, Mister, wo doch alle gleich sind?« fragte Pedro Segundo García.

Der Gringo gab keine Antwort. Als er die Familie, den Lebensstil, die Standorte der Brutstätten, die Gewohnheiten und die geheimsten Absichten der Ameisen erforscht hatte, war eine Woche vergangen, und die Ameisen krochen bereits in die Kinderbetten, hatten die Wintervorräte aufgefressen und begonnen, Pferde und Kühe anzufallen. Da erklärte Mister Brown, man müsse sie mit einem Produkt seiner Erfindung bestäuben, dadurch würden die Männchen unfruchtbar werden, die Ameisen sich also nicht weiter vermehren. Sodann müßte man sie mit einem ebenfalls von ihm erfundenen Gift besprühen, durch das die Weibchen von einer tödlichen Krankheit befallen würden, und damit, versicherte er, sei das Problem aus der Welt geschafft.

»Wie lange dauert das?« fragte Esteban Trueba, dessen Ungeduld allmählich in Wut umschlug.

»Einen Monat«, sagte Mister Brown.

»Bis dahin haben sie auch die Menschen aufgefressen, Mister«, sagte Pedro Segundo García. »Wenn Sie erlauben, Patron, hole ich meinen Vater. Vor drei Wochen hat er mir gesagt, er wüßte ein Mittel gegen die Plage. Ich glaube, es sind Spinnereien eines alten Mannes, aber wir verlieren nichts, wenn wir es ausprobieren.«

Der alte Pedro García wurde geholt und kam so schlurfend, so schwarz, geschrumpft und zahnlos an, daß Esteban bei seinem Anblick erschrak, weil er sich durch ihn bewußt wurde, wie rasch die Zeit verging. Der Alte horchte, den Hut in der Hand, blickte zu Boden, kaute die Luft mit seinen nackten Kiefern. Dann verlangte er ein weißes Taschentuch, das Férula aus Estebans Schrank brachte. Hierauf trat er aus dem Haus und ging über den Hof direkt in den Gemüsegarten, gefolgt von allen Bewohnern des Hauses und dem ausländischen Zwerg, der verächtlich lächelte, diese Barbaren, oh God! Umständlich ging der alte Mann in die Hocke und begann Ameisen einzusammeln. Als er eine Handvoll beisammen hatte, legte er sie in das Taschentuch, verknotete die vier Zipfel und legte das Bündel in seinen Hut.

»Ich will euch den Weg zeigen, Ameisen, damit ihr von hier fortgeht und die übrigen mitnehmt«, sagte er.

Der Alte bestieg ein Pferd und ritt im Schritt davon, Ratschläge und Empfehlungen für die Ameisen, Weisheitsgebete und Zaubersprüche murmelnd. In Richtung Gutsgrenze sahen sie ihn verschwinden. Der Gringo setzte sich auf den Boden und lachte wie verrückt, bis Pedro Segundo García ihn schüttelte.

»Lachen Sie über Ihre Großmutter, Mister, dieser alte Mann ist mein Vater«, sagte er.

Als die Dämmerung anbrach, kam Pedro García zurück. Langsam stieg er vom Pferd, sagte dem Patron, er habe die Ameisen auf die Straße gebracht, und ging in seine Hütte. Er war müde. Am nächsten Morgen waren in der Küche keine Ameisen zu sehen, auch nicht in der Speisekammer, man suchte sie im Kornspeicher, im Stall, in den Hühnerställen, man ging auf die Weiden und bis an den Fluß, alles wurde abgesucht und keine Ameise fand sich, nicht eine. Der Agrartechniker wurde wild.

»Mir sagen müssen, wie machen«, rief er.

»Sie müssen mit ihnen sprechen, Mister. Sagen Sie ihnen, daß sie fortgehen sollen, daß sie hier schon zur Last fallen, und sie verstehen es«, erklärte Pedro Garcia der Alte.

Clara war die einzige, die das Verfahren für natürlich hielt. Férula berief sich jedesmal auf diesen Vorfall, wenn sie sagte, sie säßen hier in einem Loch, in einer unmenschlichen Gegend, in der die Gesetze Gottes und der Fortschritt der Wissenschaft außer Kraft gesetzt seien, demnächst würden sie noch auf Besenstielen reiten, aber Esteban schnitt ihr das Wort ab, weil er nicht wollte, daß seine Frau auf neue Ideen kam. In den letzten Tagen hatte Clara wieder ihre spiritistischen Praktiken aufgenommen, sie sprach mit den Gespenstern und schrieb stundenlang in ihre Lebensnotizhefte. Als sie das Interesse an der Schule, der Schneiderwerkstatt und den feministischen Versammlungen verlor, wußten alle, daß sie wieder schwanger war.

»Das ist deine Schuld«, schrie Férula ihren Bruder an.

»Das will ich hoffen«, antwortete er.

Bald stand fest, daß Clara nicht imstande sein würde, die

Monate der Schwangerschaft auf dem Land zu verbringen und im Dorf zu entbinden. Also wurde die Rückkehr in die Hauptstadt vorbereitet. Das tröstete Férula ein wenig, die Claras Schwangerschaft als einen ihr persönlich angetanen Tort empfand. Sie reiste mit dem größten Teil des Gepäcks und den zwei städtischen Dienstmädchen voraus, um das große Eckhaus für die Ankunft Claras vorzubereiten. Zehn Tage später begleitete Esteban seine Frau und seine Tochter in die Hauptstadt und ließ die Drei Marien wieder in den Händen Pedro Segundo Garcías, der zum Verwalter aufgerückt war, obwohl ihm daraus statt Privilegien nur mehr Arbeit erwuchs.

Mark Twain

Frau McWilliams beim Gewitter

Ja, fuhr Herr McWilliams fort – dies war nämlich nicht der Anfang seiner Rede –, die Furcht vor dem Gewitter ist eine der
qualvollsten Schwächen, von denen ein menschliches Wesen
heimgesucht werden kann. Sie ist meistens auf Frauen beschränkt, hie und da findet sie sich jedoch auch bei einem kleinen Hunde und manchmal auch bei einem Manne. Es ist eine
ganz besonders traurige Schwäche, indem sie einem Menschen den Verstand in höherem Grade raubt als irgendeine andere Furcht, da sie sich weder durch Vernunftgründe noch
durch Beschämung unterdrücken lässt. Eine Frau, die dem
Teufel selber ins Gesicht sehen könnte – oder einer Maus – verliert ihre Schneidigkeit und ist rein weg angesichts eines zuckenden Blitzes.

Also wie ich Ihnen sagte, ich wachte auf an dem halberstickten von irgendwo herkommenden Schrei: »Mortimer, Mortimer!« Sobald ich meine fünf Sinne zusammenfassen konnte,
richtete ich mich in der Dunkelheit auf und antwortete:

»Evangeline, rufst du? Was gibt's? Wo bist du?«

»In die Wäschekammer eingeschlossen! Du solltest dich
schämen, dazuliegen und so zu schlafen, während solch ein
fürchterliches Gewitter losbricht.«

»Nun, wie kann man sich denn schämen, wenn man schläft?
Das hat ja keinen Sinn; ein Mensch kann sich nicht schämen,
derweil er schläft, Evangeline.«

»Das tust du freilich nie, Mortimer, das weiß ich wohl!«

Ich vernahm den Laut unterdrückten Schluchzens. Dieser
Klang machte die scharfe Rede, die sich auf meine Lippen
drängte, ersterben, und ich ließ mich stattdessen folgendermaßen vernehmen:

»Es tut mir leid, Liebe, es tut mir wirklich leid. Ich wollte es nicht tun, komm heraus und –«

»Mortimer!«

»Himmel, was gibt's, mein Schatz?«

»Ich glaube gar, dass du n o c h im Bett liegst?«

»Warum nicht? Natürlich.«

»Augenblicklich stehe auf! Ich dächte, du solltest doch ein klein wenig acht auf dein Leben geben, um meinet- und der Kinder willen, wenn nicht schon um deinetwillen.«

»Aber lieber Schatz –«

»Hör auf, Mortimer, du weißt, bei einem solchen Gewitter ist der allergefährlichste Platz das Bett. Das steht in allen Büchern. Aber das ist dir einerlei, du bleibst doch darin liegen und wirfst lieber dein Leben rücksichtslos weg, der Himmel weiß warum, höchstens aus ewiger Rechthaberei und –«

»Aber zum Kuckuck, Evangeline, ich bin ja jetzt nicht mehr im Bett, ich bin –«

Dieser Satz wurde unterbrochen durch einen plötzlichen Blitzstrahl, begleitet von einem unterdrückten Aufschrei meiner Frau und einem furchtbaren Donnerschlag.

»Da! Nun siehst du, wozu das führt. O Mortimer, wie kannst du so ruchlos sein, bei einem solchen Wetter zu fluchen?«

»Ich habe ja nicht geflucht. Und das kam gar nicht davon her, es wäre ganz ebenso gekommen, auch wenn ich kein Wörtchen gesagt hätte, und du weißt ganz gut, Evangeline, oder solltest es wenigstens wissen, dass, wenn die Atmosphäre mit Elektrizität geladen ist –«

»O ja, jetzt habe nur recht und wieder recht und noch einmal recht. Ich begreife nicht, wie du so handeln magst, da du doch weißt, dass wir keinen Blitzableiter haben und dass deine arme Frau und Kinder rein der Gnade der Vorsehung anheimgegeben sind. – Aber was tust du? Ein Zündhölzchen anstecken? Bei einem solchen Wetter, bist du völlig toll?«

»Zum Henker, Frau, was schadet denn das? Es ist ja hier so finster wie in einer Kuh und – «

»Lösch es aus, lösch es augenblicklich aus! Willst du uns alle geflissentlich zugrunde richten? Du weißt doch, dass nichts so den Blitz anzieht wie ein Licht.«

(Fzt, – krach! – bum! – bolum! – bum!)

»Oh, da höre, jetzt siehst du, was du angerichtet hast.«

»Wieso? Ein Schwefelhölzchen kann allenfalls den Blitz anziehen, aber gewiss ruft es keinen Blitz hervor – ich stehe dafür ein. Sollte aber dieser Schuss dennoch meinem Zündhölzchen gegolten haben, so war er jämmerlich gezielt – eine Leistung, die unter Tausenden kaum einer fertigbringt.«

»Schäme dich, Mortimer. Da stehen wir dem Tode Auge in Auge gegenüber, und doch bist du fähig, in einem so feierlichen Augenblick eine solche Sprache zu führen. Wenn du nicht den Wunsch hast – Mortimer – «

»Nun?«

»Hast du eigentlich heute ein Nachtgebet gesprochen?«

»Ich – ich – war eben dabei, da fiel mir ein, auszurechnen, wie viel zwölf mal dreizehn ist und – «

(Fzt – bum! – bum! – bumerumbum! – bang! – krach!)

»Oh, wir sind verloren, rettungslos verloren. Wie konntest du so etwas versäumen, bei solch einem Wetter!«

»Aber es war ja noch nicht so ein Wetter. Es war kein Wölkchen am Himmel. Wie konnte ich ahnen, dass wegen einer so kleinen Unterlassungssünde all dies Gerumpel und Gepolter losgehen würde? Und ich meine, es ist gerade nicht hübsch von dir, so viel Aufhebens davon zu machen, da du doch weißt, dass es so selten vorkommt. Vorher habe ich es nie versäumt, nie seit dem großen Erdbeben, an dem ich schuld war.«

»Mortimer, wie du sprichst! Hast du das gelbe Fieber vergessen?«

»Meine Liebe, du legst mir immer das gelbe Fieber zur Last,

und ich meine doch, das ist ganz sinnlos. Wie soll denn ein kleines Frömmigkeitsvergehen von mir so weithin wirken? Das Erdbeben will ich meinetwegen auf mich nehmen, weil es in der Nachbarschaft stattfand, aber ich will mich hängen lassen, wenn ich verantwortlich sein soll für jedes lumpige –«

(Fzt, bum, bum, belum, bum, bang!)

»O Gott, o Gott, gewiss hat es irgendwo eingeschlagen. Wir werden keinen Tag mehr erleben, und dann, wenn wir nicht mehr sind, kann es dir eine Genugtuung sein, zu wissen, dass dein gottloses Gerede – Mortimer!«

»Nun, was ist wieder los?«

»Deine Stimme klingt, wie wenn – Mortimer, stehst du wirklich vor dem offenen Kamin?«

»Das ist allerdings mein Verbrechen in diesem Augenblick.«

»Geh augenblicklich davon weg. Es scheint, du bist entschlossen, Vernichtung über uns alle zu bringen. Weißt du nicht, dass es keinen besseren Leiter für den Blitz gibt als ein offenes Kamin? – Wo bist du nun hingegangen?«

»Da, ans Fenster.«

»Oh, um Gottes willen, hast du den Verstand verloren? Geh weg von dort, augenblicklich! Die kleinsten Kinder wissen, dass es lebensgefährlich ist, während eines Gewitters am Fenster zu stehen. Lieber, Guter, ich weiß, ich erlebe keinen Tag mehr – Mortimer?«

»Ja!«

»Was ist das für ein Rascheln?«

»Ich bin's.«

»Was tust du denn?«

»Ich bemühe mich, das obere Ende meiner Unterbeinkleider zu finden.«

»Schnell, wirf das Zeug weg. Du wirst doch nicht diese Kleidungsstücke bei einem solchen Wetter anziehen wollen? Du weißt doch, dass allen Autoritäten zufolge wollene Stoffe den

Blitz anziehen. Oh, Liebster, Bester, ist es nicht genug, dass man aus natürlichen Ursachen stets in Lebensgefahr schwebt? Und du tust alles Erdenkbare, was die Gefahr vermehren kann. – So singe doch nicht! Wie kannst du auf den Einfall kommen?«

»Nun, was kann denn das schaden?«

»Mortimer, ich habe dir einmal, habe dir hundertmal gesagt, dass Singen Schwingungen in der Atmosphäre verursacht, die den Zug des elektrischen Stroms unterbrechen und – um alles in der Welt, wozu machst du die Tür auf?«

»Gerechter Himmel, Weib, ist auch dabei Gefahr?«

»Gefahr? Der Tod ist dabei. Jeder, der irgend darauf geachtet hat, weiß, dass einen Luftzug verursachen geradezu den Blitz herbeiziehen heißt. Du hast sie nur halb zugemacht, schließe sie fest und mach schnell, oder wir sind alle verloren. Oh, es ist etwas Fürchterliches, bei einem solchen Wetter mit einem Wahnwitzigen eingeschlossen zu sein. Mortimer, was tust du?«

»Nichts, ich drehe eben den Wasserhahn auf, dieses Zimmer ist zum Ersticken dumpf, ich muss mir Gesicht und Hände netzen.«

»Du hast scheint's den letzten Rest deines Verstandes verloren. Wo der Blitz einen andern Gegenstand e i n m a l trifft, schlägt er fünfzigmal ins Wasser. Drehe schnell zu. Oh, Lieber, ich sehe schon, dass nichts auf dieser Welt uns retten kann, ich glaube, dass – – Mortimer, was war das?«

»Es war ein verfl…. es war ein Bild, hab's heruntergestoßen.«

»Dann stehst du also hart an der Wand? Eine unerhörte Unvorsichtigkeit. Weißt du nicht, dass es keinen besseren Leiter für den Blitz gibt als eine Wand! Mach, dass du davon weg kommst. – Und eben warst du auch wieder nahe daran zu fluchen. Oh, wie kannst du so verzweifelt gottlos sein, während deine Familie in solcher Gefahr schwebt? Mortimer, hast du ein Federbett hertun lassen, wie ich dich gebeten habe?«

»Nein, hab's vergessen.«

»Vergessen? Es kann dich dein Leben kosten. Hättest du jetzt ein Federbett, um es in die Mitte des Zimmers zu breiten und dich daraufzulegen, so wärst du völlig in Sicherheit. Komm hier herein – schnell, ehe du noch weitere tolle Streiche machen kannst.«

Ich versuchte es, aber die Kammer vermochte uns beide bei geschlossener Türe nicht zu fassen, wenn wir nicht ersticken wollten. Ich schnappte eine Weile nach Luft, dann stürzte ich hinaus. Meine Frau rief:

»Mortimer, es muss etwas zu deiner Rettung geschehen, gib mir das deutsche Buch, das auf dem Kaminsims liegt, und ein Licht – aber steck es nicht an. In dem Buche finden sich einige Ratschläge.«

Ich holte das Buch auf Kosten einer Vase und anderer zerbrechlichen Sachen. Meine Frau schloss sich mit ihrem Licht ein, worauf ich einen Augenblick Ruhe hatte, dann rief sie heraus: »Mortimer, was war das?«

»Nur die Katze.«

»O Jammer. Fang sie und sperr sie in den Waschschrank ein. Rasch, lieber Schatz. Die Katzen sind voll Elektrizität, ich bekomme gewiss noch weiße Haare bei den furchtbaren Gefahren dieser Nacht.«

Ich vernahm wieder das unterdrückte Schluchzen, sonst würde ich weder Hand noch Fuß geregt haben zu einem solchen Beginnen in der Dunkelheit, nämlich über Stühle und alle Arten von Hindernissen, die meist sehr hart und scharfkantig waren, auf die Katze Jagd zu machen. Endlich war es mir gelungen, Mieze in den Schrank zu schließen, freilich auf Kosten von über 400 Dollars an zerbrochenen Möbeln und Schienbeinen. Dann drang es dumpf aus dem Kämmerchen:

»In dem deutschen Buche steht, es sei bei einem Gewitter am sichersten, sich mitten im Zimmer auf einen Stuhl zu stellen – die Stuhlbeine müssen durch Nichtleiter isoliert werden, d. h. du musst die Stuhlbeine auf Sturzbecher von Glas stellen – (Fzt, – bum, bam, krach). Oh, höre doch. Eile dich, Mortimer, ehe du getroffen wirst.«

Es gelang mir, die Gläser zu finden, es waren die letzten vier. Alle andern hatte ich zusammengeschlagen. Ich isolierte die Stuhlbeine und bat um weitere Verhaltungsmaßregeln.

»Mortimer, dann heißt es: ›Während eines Gewitters entferne man Metalle wie z. B. Uhren, Ringe, Schlüssel von sich und halte sich auch nicht an solchen Stellen auf, wo viele Metalle beieinander liegen oder mit andern Körpern verbunden sind, wie an Herden, Öfen, Eisengittern u. dgl.‹ Verstehst du das, Mortimer! Heißt das, dass man Metalle bei sich behalten muss oder fern von sich halten?«

»Ja, ich weiß auch nicht recht, es kommt mir etwas unklar vor, ich kenne die Sprache nicht so genau. Wenn ich das Deutsch recht verstehe, so scheint es mir zu besagen, dass man Metall an sich haben soll.«

»Ja, so muss es wohl sein, das sagt ja der gesunde Menschenverstand. Es wirkt wie beim Blitzableiter, weißt du. Setz deinen Feuerwehrhelm auf, Mortimer, der ist fast ganz aus Metall.«

Ich holte ihn und setzte ihn auf – ein recht schweres, plumpes und unbequemes Ding, in einer heißen Nacht in einem dumpfen Zimmer. – War mir doch schon mein Nachtgewand mehr Bekleidung, als ich eigentlich bedurfte.

»Mortimer, ich glaube, dein Unterleib bedarf auch eines Schutzes, willst du nicht so gut sein und deinen Bürgerwehrsäbel umschnallen?«

Ich willfahrte.

»Jetzt, Mortimer, musst du noch etwas zum Schutz deiner Füße haben, bitte, schnalle deine Sporen an.«

Ich tat es, ohne ein Wort zu sagen, und hielt meine gute Laune aufrecht, so gut ich konnte.

»Mortimer, es heißt in dem deutschen Buche weiter: ›Das Gewitterläuten ist sehr gefährlich, weil die Glocke selbst sowie der durch das Läuten veranlasste Luftzug und die Höhe des Turmes den Blitz anziehen könnten‹; Mortimer, heißt das, dass es gefährlich sei, die Kirchenglocken während eines Gewitters nicht zu läuten?«

»Ja, es sieht so aus. – Wenn dies das Partizip der Vergangenheit im Nominativ Singularis ist – und das scheint mir so –; ja, ich denke, es heißt, dass in Anbetracht der Höhe des Kirchturms und in Ermangelung von Luftzug es sehr gefährlich sein würde, während eines Gewitters die Glocken nicht zu läuten – und außerdem, siehst du nicht, dass gerade der Ausdruck – –«

»Schon gut, Mortimer, verliere die kostbare Zeit nicht mit Reden, hole die große Tischglocke, sie ist gerade dort auf dem Vorplatz. Geschwind, lieber Mortimer, wir sind beinahe in Sicherheit; o mein Bester, ich glaube, wir kommen diesmal noch davon.«

Unsere kleine Sommerwohnung steht oben auf einer Hügelreihe, die über ein Tal hineinschaut. Mehrere Bauernhäuser sind in unserer Nachbarschaft, das nächste 3–400 Yards entfernt.

Als ich, auf dem Isolierstuhle stehend, die schreckliche Glocke sieben oder acht Minuten lang geläutet hatte, wurden unsere Läden plötzlich von außen aufgerissen und eine Laterne fuhr blendend an das Fenster, während eine Stimme also sprach: »Was in aller Welt ist hier los?«

Das Fenster war voll von menschlichen Köpfen und die Köpfe voll von Augen, welche mein Nachtgewand mit der kriegerischen Ausrüstung darüber wild anstierten. Ich ließ die Glocke sinken, sprang verwirrt vom Stuhl herunter und sagte:

»Es ist nichts los, gute Freunde; nur eine kleine Störung wegen des Gewitters; ich habe mich bemüht, den Blitz abzuhalten.«

»Gewitter? Blitz? Ei, Herr McWilliams, haben Sie den Verstand verloren? Es ist eine schöne sternenhelle Nacht, keine Spur von Gewitter.«

Ich schaute hinaus und war so erstaunt, dass ich eine Zeitlang kein Wort herausbrachte. Dann sagte ich:

»Ich begreife das nicht, wir sahen das Zucken der Blitze ganz deutlich durch die Vorhänge und Läden und hörten den Donner.«

Die Leute legten sich nacheinander auf den Boden und wälzten sich vor Lachen – zwei lachten sich zu Tode.

Einer von den Überlebenden bemerkte: »Aber dass Sie nicht daran dachten, Ihre Läden aufzumachen und einmal auf den hohen Hügel dort hinauf zu sehen! Was Sie hörten, waren Kanonenschüsse, was Sie sahen, war das Feuer derselben. Wissen Sie, der Telegraph hat gerade um Mitternacht die Kunde gebracht, dass Cleveland ernannt ist, und darum die ganze Geschichte.«

Ja, Herr Twain, wie ich gleich zu Anfang sagte«, bemerkte Herr McWilliams zum Schluss, »die Vorschriften, um die Menschen vor Blitzschlag zu bewahren, sind so vortrefflich und so zahllos, dass es mir schlechterdings unbegreiflich ist, wie irgendjemand es fertigbringt, getroffen zu werden.«

Mit diesen Worten raffte er sein Bündel und seinen Schirm zusammen und stieg aus, denn der Zug war an seinem Wohnort angekommen.

Ursula Kayser

Kleine zauberhafte Formel

Da sind wir nun nach so vielen Jahren zurückgekehrt aus dem südlichen Land, das uns so lange gastfreundlich aufnahm. Natürlich fehlt uns viel. Aber – um es gleich zu sagen – wir haben auch ebenso viel gewonnen.

Es fehlt uns nun doch der strahlend blaue Himmel, obgleich wir ihn dort tagelang nach einer einzigen gnädigen Wolke absuchten. Dafür stehen die Tannen in Grün, und Pferde grasen auf den Weiden. Es fehlt uns das muntere Treiben: das Geschrei der Esel, das unerwartet langgezogen und melancholisch auftönt und mit einem tiefen Seufzer endet, die durchdringenden Ausrufe der Fisch- und Gemüsehändlerinnen, die ihre Waren auf dem Kopf durch die Straßen tragen; der unaufhörliche Austausch der menschlichen Kleinigkeiten von Haustür zu Haustür, Fenster zu Fenster und Wäscheleine zu Wäscheleine. Dafür sind wir aufgenommen in einen kühlen und schweigsamen Arbeitsrhythmus, der am Morgen auf Fahrrädern beginnt und am Abend ebenso endet. Und es ist gar nicht ausgemacht, welche Lebensform berechtigter ist.

Ja, aber wirklich fehlen uns zwei ganz kleine Worte, und für die gibt es keinen Ersatz. Wir setzen sie noch heute, hilflos mit den Schultern zuckend, an die Stelle, wo wir gewohnt waren, sie zu gebrauchen. Wir murmeln sie – möglichst unverständlich – vor uns hin, um den Eindruck zu erwecken, dass es vielleicht doch deutsche Worte sind: »com licença« murmeln wir. Man sieht uns einen Augenblick verständnislos an und wendet sich dann wieder eigenen Gedanken zu.

Com licença: man spricht die beiden Worte mit einem nasalierten o und e zwischen zwei scharfen s für die beiden c, und wir haben Jahre dazu gebraucht, sie so weit abzunutzen, dass eigentlich nur noch die beiden scharfen s übrigblieben. Sie begleiten das portugiesische Leben vom Morgen zum Abend wie ein fortgesetztes sanftes Zischen.

Bedenken Sie: eine Straßenbahn kommt angefahren. Sie ist voll – und die Elektrischen Lissabons sind eigentlich immer voll. Nicht nur, dass man keinen Platz bekommt; nein, darauf hat man gar nicht zu hoffen gewagt; aber eine dicke Traube von Menschen hängt an dem hinteren Trittbrett, und nur dort darf man einsteigen. Wirklich, es ist ganz unmöglich, dass noch ein Fuß Platz hat. Die Straßenbahn hält auch nur, um einen einzelnen Fahrgast vorne herauszuschleusen. »Com licença« oder »s – s« sage ich: man lächelt, ein leichtes Schieben, Rücken; ein Fuß von mir ist auf dem unteren Trittbrett, ein Arm legt sich als schützende Schranke hinter meinen Rücken zur Haltestange. »Com licença«, lächle ich: auch mein zweiter Fuß ist in die Gemeinschaft der Füße aufgenommen. »Com licença« erbarmt sich nun ein anderer für mich, und ich stehe bereits auf der oberen Plattform. »S –s« sagt der Schaffner zu der gestauten Menge und bahnt sich erfolgreich den Weg zu mir, um den Fahrschein an mich loszuwerden, und mit einem »com licença« schließe ich mich seinem Rückweg an und bin schon im Inneren des Wagens. Haben Sie Zweifel, dass »com licença« mir auch noch zu einem Sitzplatz verhelfen wird?

Es ist das »Sesam, öffne dich« der Lissaboner Straßenbahnfahrt und des gesamten portugiesischen Lebens. »Com licença« sagt der Kaufmann im schwarzen Anzug zu der dicken Marktfrau, die zu viel Platz einnimmt, und sie schiebt sich bereitwillig zusammen. Und »com licença« sagt auch der Schaffner, der sich im Dienst eine Zigarette ansteckt, und hat damit die Fahrgäste auf seiner Seite.

Mein Junge, der schon so lange an der Haltestelle auf mich wartet, kann es auch schon ein bisschen. »Com licença« sagt er und nimmt mir meine Tasche ab, obgleich sie ja in Portugal nicht schwer sein darf. Und eigentlich würde es mich nicht einmal wundern, wenn der verflixte kleine Straßenbengel in zerissenen Hosen – von Schuhen und Strümpfen ganz zu schweigen –, der wieder dort oben im Feigenbaum der Nachbarin stibitzt, sein zweifelhaftes Dasein mit einem »com licença« rechtfertigen würde.

Groß ist die Kraft zweier kleiner Worte. Und es ist gut zu wissen, dass sie auch im Innern des Hauses nichts von ihrer Macht einbüßen werden. Die Hausangestellten werden aufstehen, wenn ich die Küche betrete, und sich nur mit »com licença« wieder setzen, wenn ich das Zeichen gegeben habe. Sie werden die Wohnräume selbst mit dem Kaffeebrett nur mit meiner licença betreten. Noch die Kinder wird man um licença bitten, wenn die Spielsachen fortgenommen und sie selbst in die Badewanne transportiert werden. Und das verpflichtet auf geheime Weise.

Und nach des Tages Unruhe beschließe ich auch noch den späten Abend mit dieser zauberhaften Formel: Meine Gäste haben sich schon verabschiedet und mir so viel Liebenswürdiges gesagt, dass der Schatz meiner Antworten bedenklich zur Neige geht. Nun gehen sie die Treppe hinab. Ich weiß, sie werden sich auf dem letzten Treppenabsatz – eh sie meinen Augen ganz entschwunden – noch einmal umwenden und verneigen. Auch ich grüße dann noch einmal hinunter: »com licença«, sagte ich dann, und nun erst schließe ich behutsam die Tür.

Nun – wir sind heimgekehrt. Wir haben uns so oft vergeblich auf dem letzten Treppenabsatz umgedreht – die Tür war schon lange ins Schloss gefallen –, dass wir es uns schon wieder abgewöhnen. Aber wir stehen noch immer unbegreiflich lange in unserer Haustür und schließen sie behutsam mit der licença unserer Gäste, auch wenn die nichts davon ahnen.

Die Kinder toben schon an uns vorbei, von den Schularbeiten zum Spielen, sie rennen uns beinah um. »Sagt doch wenigstens ...« sage ich. »Ja, was denn?« rufen sie von unten zurück. Ich zögere, suche ... Sie sind schon lange davongestoben. Ja, was denn? »Gestatten?« Irgendwo fällt mit einem Klick ein Monokel herunter. »Mit Verlaub?« ... »ich bin so frie«, ergänzt der unsterbliche Wilhelm Busch in uns. »Erlauben Sie mal?« »Na alaubn Se mal«, sagt der Berliner, kurz bevor die Rempelei losgeht, und das ist doch eigentlich nicht der Zweck der Übung. Mit »Pardon« wusste sich eine andere Generation zu helfen: nicht sehr überzeugend, nicht wahr?

Ich zucke die Achseln: »com licença«, sage ich resigniert und schließe die Tür, in der ich noch immer stehe.

Peter Altenberg

Im Volksgarten

»Ich möchte einen blauen Ballon haben! Einen blauen Ballon möchte ich haben!«

»Da hast du einen blauen Ballon, Rosamunde!«

Man erklärte ihr nun, dass darinnen ein Gas sich befände, leichter als die atmosphärische Luft, infolgedessen etc. etc.

»Ich möchte ihn auslassen – – –«, sagte sie einfach.

»Willst du ihn nicht lieber diesem armen Mäderl dort schenken?!?«

»Nein, ich will ihn auslassen – – –!«

Sie lässt den Ballon aus, sieht ihm nach, bis er verschwindet in den blauen Himmel.

»Tut es dir nun nicht leid, dass du ihn nicht dem armen Mäderl geschenkt hast?!?«

»Ja, ich hätte ihn lieber dem armen Mäderl geschenkt!«

»Da hast du einen andern blauen Ballon, schenke ihr diesen!«

»Nein, ich möchte den auch auslassen in den blauen Himmel!« –

Sie tut es.

Man schenkt ihr einen dritten blauen Ballon.

Sie geht von selbst hin zu dem armen Mäderl, schenkt ihr diesen, sagt: »Du lasse ihn aus!«

»Nein«, sagt das arme Mäderl, blickt den Ballon begeistert an.

Im Zimmer flog er an den Plafond, blieb drei Tage lang picken, wurde dunkler, schrumpfte ein, fiel tot herab als ein schwarzes Säckchen.

Da dachte das arme Mäderl: »Ich hätte ihn im Garten auslassen sollen, in den blauen Himmel, ich hätte ihm nachgeschaut, nachgeschaut – – –!«

Währenddessen erhielt das reiche Mäderl noch zehn Ballons, und einmal kaufte ihr der Onkel Karl sogar alle dreißig Ballons auf einmal. Zwanzig ließ sie in den Himmel fliegen und zehn verschenkte sie an arme Kinder. Von da an hatten Ballons für sie überhaupt kein Interesse mehr.

»Die dummen Ballons – – –«, sagte sie.

Und Tante Ida fand infolgedessen, dass sie für ihr Alter ziemlich vorgeschritten sei!

Das arme Mäderl träumte: »Ich hätte ihn auslassen sollen, in den blauen Himmel, ich hätte ihm nachgeschaut und nachgeschaut – – –!«

Arthur Schopenhauer

Happy-End eines Pessimisten

Was nun aber, von jenen allen, uns am unmittelbarsten beglückt, ist die Heiterkeit des Sinnes: Denn diese gute Eigenschaft belohnt sich augenblicklich selbst. Wer eben fröhlich ist
hat allemal Ursach es zu sein: nämlich eben diese, dass er es ist.
Nichts kann so sehr, wie diese Eigenschaft, jedes andere Gut
vollkommen ersetzen; während sie selbst durch nichts zu ersetzen ist. Einer sei jung, schön, reich und geehrt; so frägt sich,
wenn man sein Glück beurteilen will, ob er dabei heiter sei: ist
er hingegen heiter; so ist es einerlei, ob er jung oder alt, gerade
oder pucklich, arm oder reich sei; er ist glücklich. In früher Jugend machte ich einmal ein altes Buch auf, und da stand: »wer
viel lacht ist glücklich, und wer viel weint ist unglücklich,« –
eine sehr einfältige Bemerkung, die ich aber, wegen ihrer ein-
fachen Wahrheit doch nicht habe vergessen können, so sehr
sie auch der Superlativ eines *truism's* ist. Dieserwegen also sollen wir der Heiterkeit, wann immer sie sich einstellt, Tür und
Tor öffnen: denn sie kommt nie zur unrechten Zeit; statt dass
wir oft Bedenken tragen, ihr Eingang zu gestatten, indem wir
erst wissen wollen, ob wir denn auch wohl in jeder Hinsicht
Ursach haben, zufrieden zu sein; oder auch, weil wir fürchten,
in unsern ernsthaften Überlegungen und wichtigen Sorgen
dadurch gestört zu werden: Allein was wir durch diese bessern
ist sehr ungewiss; hingegen ist Heiterkeit unmittelbarer Ge-
winn. Sie allein ist gleichsam die bare Münze des Glückes und
nicht, wie alles andere, bloß der Bankzettel; weil nur sie unmittelbar in der Gegenwart beglückt; weshalb sie das höchste
Gut ist für Wesen, deren Wirklichkeit die Form einer unteilba-
ren Gegenwart zwischen zwei unendlichen Zeiten hat. Dem-
nach sollten wir die Erwerbung und Beförderung dieses Gutes

jedem andern Trachten vorsetzen. Nun ist gewiss, dass zur Heiterkeit nichts weniger beiträgt, als Reichtum, und nichts mehr, als Gesundheit: in den niedrigen, arbeitenden, zumal das Land bestellenden Klassen, sind die heitern und zufriedenen Gesichter; in den reichen und vornehmen die verdrießlichen zu Hause. Folglich sollten wir vor allem bestrebt sein, uns den hohen Grad vollkommener Gesundheit zu erhalten, als dessen Blüte die Heiterkeit sich einstellt. Die Mittel hiezu sind bekanntlich Vermeidung aller Exzesse und Ausschweifungen, aller heftigen und unangenehmen Gemütsbewegungen, auch aller zu großen oder zu anhaltenden Geistesanstrengung, täglich wenigstens zwei Stunden rascher Bewegung in freier Luft, viel kaltes Baden und ähnliche diätetische Maßregeln.

Anhang

Verzeichnis der Autoren und Autorinnen, Texte und Druckvorlagen

Für die mit * gekennzeichneten Texte wurde eine Überschrift vom Verlag gewählt. Orthographie und Interpunktion wurden behutsam modernisiert.

ISABEL ALLENDE (*1942)

147 Die Zeit der Geister

I. A.: Das Geisterhaus. Übers. von Anneliese Botond. Frankfurt a. M.: Suhrkamp, 1984. S. 108–117. – © 1984 Suhrkamp Verlag, Frankfurt am Main.

PETER ALTENBERG (d. i. Richard Engländer, 1859–1919)

175 Im Volksgarten

P. A.: Aus: Die Wiener Moderne. Literatur, Kunst und Musik zwischen 1890 und 1910. Hrsg. von Gotthart Wunberg unter Mitarb. von Johannes J. Braakenburg. Stuttgart: Reclam, 1981 [u. ö.]. S. 421 f.

SIMONE DE BEAUVOIR (1908–1986)

91 Ferien auf La Grillère*

S. d. B.: Memoiren einer Tochter aus gutem Hause. Übers. von Eva Rechel-Mertens. Reinbek bei Hamburg: Rowohlt, 1960. S. 72–78. – © 1960 Rowohlt Verlag GmbH, Reinbek bei Hamburg.

HELENE BÖHLAU (1856–1940)

5 Jugend

H. B.: Sommerbuch. Altweimarische Geschichten. Berlin 1903.

WOLFGANG BORCHERT (1921–1947)

111 Schischyphusch oder der Kellner meines Onkels

W. B.: Das Gesamtwerk. Mit einem biographischen Nachwort von Bernhard Meyer-Marwitz. Reinbek bei Hamburg: Rowohlt, 1949. S. 285–297.

CHARLES DICKENS (1812–1870)

81 Eine schwierige Landpartie*

Ch. D.: Die Pickwickier. Aus dem Engl. von Julius Seybt. Tl. 1. Leipzig: Reclam, [1878]. (Universal-Bibliothek. 981.) S. 67–75.

MARIE VON EBNER-ESCHENBACH (1830–1916)

71 Die eine Sekunde
M. v. E.-E.: Sämtliche Werke. 1. Erzählungen, Božena, Neue Erzählungen, Aphorismen, Die Prinzessin von Banalien, Am Ende. Berlin: Paetel, 1920.

THEODOR FONTANE (1819–1898)

47 Modernes Reisen
Th. F.: Werke, Schriften und Briefe. Hrsg. von Walter Keitel und Helmuth Nürnberger. Abt. 1: Sämtliche Romane. Erzählungen, Gedichte. Nachgelassenes. Bd. 7. Hrsg. von W. K., H. N. und Hans-Joachim Simm. München: Hanser, ²1984. S. 9–16.

HERMANN HESSE (1877–1962)

125 Der Primus und das Glück des Verbummelns
H. H.: Gesammelte Werke in 12 Bänden. Hrsg. von Traugott Krischke unter Mitarb. von Susanna Foral-Krischke. Bd. 4: Prosa und Verse 1918–1938. Frankfurt a. M.: Suhrkamp, 1988. S. 472–476. [Aus: Jugend ohne Gott.] – © 1988 Suhrkamp Verlag, Frankfurt am Main.

ERICH KÄSTNER (1899–1974)

57 Fahrten ins Blaue
E. K.: Die kleine Freiheit. Chansons und Prosa 1949–1953. Zürich: Atrium, 1953. – © 1953 Atrium Verlag, Zürich, und Thomas Kästner. Mit freundlicher Genehmigung.

URSULA KAYSER (geb. 1913)

171 Kleine zauberhafte Formel
Frankfurter Allgemeine Zeitung. 5.6.1953. – Mit Genehmigung von Dr. Ursula Kayser, Göttingen.

SELMA LAGERLÖF (1858–1940)

39 Auf der Reise nach Strömstadt*
S. L.: Mårbacka. Das Tagebuch. Jugenderinnerungen. Deutsch von Pauline Klaiber-Gottschau. München: Nymphenburger, 1984.

KATHERINE MANSFIELD (1888–1923)
135 Miss Brill
K. M.: Erzählungen. Ausgew., übers. und mit einem Nachwort von Ursula Grawe. Stuttgart: Reclam, 1990. S. 201–207. –Mit Genehmigung von Ursula Grawe, Melbourne (Australien).

FRANZISKA ZU REVENTLOW (1871–1918)
101 Der Herr Fischötter
F. z. R.: Das feindselige Gepäck. Sommererzählungen. Stuttgart: Reclam, 2022. S. 53–68.

JOACHIM RINGELNATZ (1883–1934)
143 Steine am Meer
J. R.: Gedichte, Prosa, Bilder. Hrsg. von Frank Möbus und Friederike Schmidt-Möbus. Stuttgart: Reclam, 2005. S. 212–215.

ARTHUR SCHOPENHAUER (1788–1860)
177 Happy-End eines Pessimisten
A. S.: Aus: Schopenhauer zum Vergnügen. Hrsg. von Ludger Lütkehaus. Stuttgart: Reclam 2002, 2011. S. 150 f. (Universal-Bibliothek. 18805.).

THEODOR STORM (1817–1945)
23 Im Sonnenschein
Th. S.: Immensee und andere Novellen. Stuttgart: Reclam, 1989. S. 52–66.

KURT TUCHOLSKY (1890–1935)
61 Wandertage in Südfrankreich
K. T.: Gesammelte Werke in 10 Bänden. Hrsg. von Mary Gerold-Tucholsky und Fritz J. Raddatz. Bd. 4. Reinbek bei Hamburg: Rowohlt Taschenbuch Verlag, 1975. S. 240–246.

MARK TWAIN (1835–1910)
161 Frau McWilliams beim Gewitter
Mark Twains ausgewählte humoristische Schriften. Ill. von H. Schrödter und Albert Richter. Bd. 3: Skizzenbuch. Stuttgart: Lutz, 1898. S. 35–44.

Inhalt

RECLAM TASCHENBUCH Nr. 20742
2024 Philipp Reclam jun. Verlag GmbH,
Siemensstraße 32, 71254 Ditzingen
Umschlaggestaltung: Philipp Reclam jun. Verlag GmbH
Umschlagabbildung: Carl Larsson, Lisbeth angelt (1898) – © akg-images
Umschlagmaterial: PEYVIDA puro 270 g/m², peyer graphic gmbh
Druck und Bindung: GGP Media GmbH,
Karl-Marx-Straße 24, 07381 Pößneck
Printed in Germany 2024
RECLAM ist eine eingetragene Marke der
Philipp Reclam jun. GmbH & Co. KG, Stuttgart
ISBN 978-3-15-020742-0

Auch als E-Book erhältlich

www.reclam.de

MIX
Papier | Fördert
gute Waldnutzung
FSC® C014496

»Durch gute Leser
wird ein Buch erst
wahrhaft gut.«
RALPH WALDO EMERSON

BRAM STOKER
Dracula

THOMAS HARDY
Clyms Heimkehr

CHARLES BAUDELAIRE
Die Blumen des Bösen

EMILY BRONTË
Sturmhöhe

KURT TUCHOLSKY
Schloss Gripsholm

JOHANN WOLFGANG GOETHE
Italienische Reise

LEWIS CARROLL
Alices Abenteuer im Wunderland

DANTE ALIGHIERI
Die göttliche Komödie

FRANZ KAFKA
Die Verwandlung
und andere Erzählungen

RECLAM